W0370453

Aus dem Inhalt:

September-2011. Die Segelcrew der 'o.li' macht einen grausigen Fund. Eine tote junge Frau. Später wird eine weitere Frauenleiche in der Lübecker Bucht geborgen. Die Toten sind beide unbekleidet und weisen Erfrierungssymptome auf - obwohl es erst Ende September ist. Die erotische Oberkommissarin Stina Wallison, von der Travemünder Wasserschutzpolizei, übernimmt die ersten Ermittlungen. Der Fall bietet nicht viele Ansatzpunkte und die Ermittlungen treten auf der Stelle. Der mysteriöse Jörg Illmer, der, jeweils von Mai bis Oktober, im Passathafen auf seiner Segelyacht 'o.li' wohnt, unterstützt sie zu weilen. Der unbeliebte Hauptkommissar Diego-Götz Fanfarone, vom Lübecker MD.1, ermittelt unterdessen rund um einen Travemünder Raubmord.

Impressum:

Autor: **Guido Bleil**

Herausgeber: **Action Sportreisen GmbH, Bremen**
www.HeliSki-online.eu + **www.45grad.eu**

1.Auflage: **Juli-2011**

Herstellung und Verlag:
Books on Demand GmbH, Norderstedt

ISBN: **9-783842-351004**

Bereits erschienene Romane des Autors:

Der Passatmörder (2010)
- **ISBN 9-783839-183946 ➔ Paperbook**
- **ISBN 9-783842-398474 ➔ e-Book**

Für Gerda + Günther
und
für alle, die an das Gute glauben

Liebe **Käufer** und **Leser**,

dies ist mein zweiter Roman. **Mein Dank gilt ausschließlich Ihnen**, denn Sie haben mir Mut gemacht. Nachdem der erste Roman ein so toller Erfolg geworden ist und viele geneigte Zuhörer zu meinen Vorlesungen gekommen sind, liegt jetzt eine neue Episode in Ihren Händen. Es würde mir gefallen, wenn Sie Stina Wallison und Jörg Illmer mit genauso viel Freude und Aufmerksamkeit begleiten, wie ich es getan habe und dabei u. a., vielleicht die Region Travemünde etwas näher kennen lernen.

So mancher Roman kann allerdings, aufgrund von realen Begebenheiten, dazu verleiten, der Story Glauben zu schenken. Aber bitte, auch wenn viele Fakten zu treffen, die Handlungen und die Personen sind (fast) **alle frei erfunden.**

Viele beschriebene Ortsangaben werden Sie auch in der Realität wieder finden. Nehmen Sie die Angaben nicht als Navigationshilfe. Sollten Sie sich aufgrund der örtlichen Beschreibungen verlaufen, so **übernehme ich als Autor dafür keine Haftung**.
Es ist nur ein Roman ☺

Für etwaige, eingeschlichene Fehler, bitte ich um gütige Nachsicht. Sollten sie in der Interpretation liegen, so bin ausschließlich ich dafür verantwortlich.
Guido Bleil / Juli-2011

Danksagung

Es ist nicht einfach, während eines Buchprojektes mit dem Autor zusammen zu leben (ich hoffe ansonsten schon…), denn zwangsläufig lebt man auch in dieser Parallelwelt – 24 Stunden. Beim Zähneputzen, in einem Restaurant, im Kino oder auch in der Nacht. Laufend zuckte eine Idee durch den Kopf, oft nur ein Wort. Das musste dann gleich notiert und ähnlich wie bei einem Puzzle „ausprobiert" werden, ob es überhaupt „passt". Vieles wurde wieder verworfen oder auf „Eis" gelegt. Für alle hieraus entstandenen Unannehmlichkeiten, entschuldige ich mich hiermit bei meiner Familie, Freunden und Bekannten. Danke für so manchen Tipp.

Insbesondere bedanke ich mich für ihre Geduld und dem bereit gestellten Fachwissen zu meinen zahlreichen Fragen bei:
dem Mediengestalter **Jan Ole Bleil**, Bremen,
der Ärztin **Dr. Claudia Bleil**, Bremen,
dem Präventions- und Öffentlichkeitsbeauftragten **Karsten Dose**, WaschPoRevier Lü-Trv.,
dem Kommissar **Detlef Schubert**, Bremen,
die meine Recherchen erfolgreich abgerundet haben.
Für die Coverberatung **Gebhard Müller**, Bremen.
Für die Feinheiten **XO**, Bremen.

001

Travemünde, Schleswig-Holstein
Di-20.Sept-2011

Schwer atmend ließ er von ihr ab. Er war wütend. Wütend auf sie. Wieder einmal, wieder einmal hatte sie ihn nicht zum Höhepunkt bringen können. Diese Schlampe. Dabei hatte er sich wahrlich nicht Lumpen lassen.

Obwohl, sie sah wirklich ästhetisch aus, wie sie da in ihren schwarzen Lackoverknees und den schokoladenfarbenen Dessous auf dem pfirsichfarbenen Chaiselongue lag. Dazu ihre beinahe makellose weiße Haut im Einklang mit ihrem dunkelblonden Haar. Wie ein modernes Gemälde einer göttlich verführerischen Himmelsbotin. Obendrein spielte im Hintergrund seine Lieblingsoper Les Danaïdes von Antonio Salieri.

Nur dieser dünne Blutfaden, der aus ihrem linken Ohr rann und die starr blickenden grünen Augen, passten nicht ganz in das ansonsten harmonische Bild.

Auch wenn niemand von seinem kleinen, nicht einsehbaren Häuschen im Südosten des Hemmelsdorfer See wusste, er musste sie umgehend sicher entsorgen lassen. Möglichst noch vor dem Morgengrauen. Hoffentlich ging sich das zeitlich aus.

002

Die Augen des glatzköpfigen Kieferchirurgen weiteten sich vor Erstaunen und er schien zu fluchen. Irgendetwas musste schief gelaufen sein. Seit mehreren Minuten entfernte der Arzt meterweise, dunkle Retraktionsfäden aus meinem Unterkiefer, und ich konnte mir überhaupt nicht vorstellen, wo das ganze Zeug herkommen sollte. So groß konnte die Wunde doch gar nicht sein. Die zwei Assistentinnen sahen ganz blass aus, und ich fand, der dickliche Doc mit seiner jetzt blutbesudelten Gummischürze, sah heute eher einem Metzger als einem professionellen Kieferchirurgen ähnlich. Es schmerzte nicht wirklich, aber das Herausziehen kitzelte unangenehm und je länger es dauerte, so nervöser wurde der Chirurg. So langsam übertrug sich das, ungeachtet der Injektionen, auch auf mich.

Ich spürte, wie sich das Ziehen jetzt bis in den Schulter- und Rückenbereich ausbreitete und das kitzelige Gefühl einem unerträglichem Schmerz wich. Das Gesicht des Arztes war zu einer höhnischen Fratze verzerrt.

Verdammt. Ich konnte mich keinen Zentimeter bewegen. Was hatten die mir nur injiziert ? Ich wollte einfach nur aufstehen und mich aus den Fängen des Quälgeistes befreien, der nun wie wild an der Tamponade zerrte. Meine Arme waren jedoch am Behandlungsstuhl fixiert. Mit einem Tritt in den Schritt versuchte ich den Chirurgen auf Distanz zu halten. Dieser wich aber geschickt aus und zog dabei in einer glatten Bewegung ein Skalpell vom Beistelltisch. Mit einem Knurren sprang er mit dem vorgestreckten Skalpell auf mich zu. Im gleichen Moment blendete mich eine seiner Assistentinnen mit einem gleißenden Lichtstrahl, so dass ich nichts sehen konnte.

„Das wird mein frühes Ende sein“ schoss es mir in den Kopf.

003

Der mit fünf Beaufort wehende, warme Nordostwind und der mit knapp zwei Knoten auflaufende Strom, unterstützten das Vorwärtskommen des einhundertdreiundfünfzig Meter langen und zwanzig Meter breiten Ro-Ro-Trailerfrachter MS Helene Hartz nur ein wenig. Die 10.500 Bruttoregistertonnen ließen sich davon nicht so stark beeinflussen. Immerhin machte das Schiff jetzt zweiundzwanzig Knoten Fahrt über Grund. Die Ansteuerungstonne von Travemünde war jetzt nur noch rund eine Stunde entfernt, sodass die Anspannung von Kapitän Nojus Matulionis geringfügig nachließ. Obwohl, die schnellere Küstenannäherung barg auch wiederum neue Probleme. Gerade im Augenblick wäre ihm die weite, offene See viel lieber gewesen. Zum Glück war es noch dunkel. Erst in etwa einer Stunde würde die Dämmerung anbrechen. Er mochte die Dunkelheit. Sie hatte etwas Beschützendes.

Auf dieser Fahrt hatte er ohnehin schon jede Menge Probleme gehabt. Die technischen Widrigkeiten gehörten beinahe zur allgemeinen Routine. Er wusste, dass das Schiff ziemlich hoch versichert war und vermutete, dass in naher Zukunft eine Totalhavarie fest eingeplant war. Wenn es soweit war, hoffte er, dass er nicht mehr Dienst auf diesem Kahn zu schieben brauchte. Nur die Hamburger Reederei war jetzt schon nicht mehr bereit, das nötige Geld für die laufende Instandhaltung bereitzustellen. Nicht umsonst lief das Schiff unter der Flagge von Antigua. Sein Schiff sah optisch gar nicht so marode aus, aber er wusste es ja besser. Hier wurde viel mit frischer, grüner Farbe übertüncht. Es war jedoch nicht annähernd so schlimm wie damals unter dem Joch der Sowjetunion, vor der Perestrojka. Als praktisch veranlagter Mensch fand er immer schnell eine passable Lösung. In erster Linie war deshalb meist sein Improvisationstalent gefordert. Davon hatte er indes jede Menge – nicht nur in technischer Hinsicht.

Selbst sein A-6 Kapitänspatent war nicht wirklich echt. Matulionis hatte es 1990 im Zuge der Wiedererlangung der Unabhängigkeit Litauens geschafft, sein vormals gefälschtes Dokument in ein Originaldokument umschreiben zu lassen. Um seinen Traum von einem vierundfünfzig Fuß Charter-Kat in der Karibik verwirklichen zu können, nahm er jedwede Gelegenheit war, sein nicht gerade üppiges Gehalt aufzubessern. Lange würde er nicht mehr brauchen, dann sollte sich sein größter Wunsch erfüllen. Ein besseres Leben, ein zufriedeneres Leben und vor allem ein gesünderes Leben, lagen nun greifbar vor ihm.

Mit rund achtzig Zigaretten am Tag bekämpfte er derzeit seine ständige Nervosität. Das würde in Zukunft alles anders werden. Mit fünfundfünfzig würde er sein „richtiges" Leben beginnen. In seinem Alter gab es keine weitere Chance. Seine Lebenszeitsanduhr lief unbeirrt weiter.

Seinen Jugendtraum als Jockey hatte er schon beizeiten begraben müssen, da das Gestüt von seinem Großvater unter den Hammer kam. Damals brach für ihn eine heile Welt zusammen, und er musste sich mit Gelegenheitsjobs verdingen, beinahe zwanzig Jahre.

Danach wendete sich, beziehungsweise er, das Blatt ein wenig zu seinen Gunsten.

Der vierundfünfzigjährige Kapitän Matulionis galt meist als umgänglich, gegenüber seinem Offizier und seiner achtköpfigen Mannschaft. Niemanden kam es allerdings in den Sinn, eine übermäßige Vertraulichkeit ihm gegenüber aufzubauen, denn trotz seiner kleinwüchsigen Statur durfte man ihn nicht unterschätzen. Eine latente Gefährlichkeit sowie Kälte umströmte seine Person. Bei größeren Problemen zeigte er sich ganz und gar nicht zimperlich. Eher pragmatisch. So wie heute. So wie jetzt.

Dann strafte er seinem biblischem Namen, Sohn des Matthäus, Lügen.

004

„Mensch York, mach mal Halblang ! Was hat Dich denn…?“ hörte ich eine Stimme, die mir irgendwie bekannt vorkam. „Haallooo – aufwachen !“

Ich blinzelte in das grelle Licht und spürte ein Kribbeln in den Händen. Ganz langsam fing mein Hirn an zu arbeiten und zu verstehen. „Würdest Du.., also würdest Du bitte den Taschenlampenstrahl aus meinem Gesicht schwenken“ murrte ich meinen XO und besten Freund Claus an. „Ich hatte wohl einen Albtraum.“ Dabei versuchte ich meinen tauben Armen wieder Leben einzuhauchen und die Hände kontrolliert zu bewegen.

„Du siehst aber auch ganz schön verhauen aus, mein Lieber“ sagte Claus mitfühlend.

„So fühle ich mich auch. Scheinbar habe ich das Einsetzen meines neuen Implantates noch einmal durchlebt, aber auf die schaurige Tour. Dabei ist doch der Dreisiebener perfekt ersetzt worden“ erwiderte ich. „So’n Alb hatte ich schon lange nicht mehr und.., ähem..., ich mag es gar nicht erwähnen, aber meine Narbe juckt schon wieder“ sagte ich und rieb dabei gedankenvoll über meine Wange.

Obwohl ich nicht im Geringsten abergläubisch bin, war das bisher immer kein gutes Anzeichen. Seit ich mir diese rund sechs Zentimeter lange Narbe, unterhalb des linken Auges, vor sieben Jahren bei einer Mordserie in den italienischen Alpen zugezogen hatte, fing die Narbe meist unmittelbar vor beunruhigenden Ereignissen an zu jucken.

Vergiss es, alles Quatsch, dachte ich träge. Es ist fast Ende September, ich habe heute keine Termine und es sollte einen wunderschönen Altweibersommertag, mit vier Beaufort wehenden, nordöstlichen Winden, geben. Ideal zum segeln.

„Nun hör mal auf zu unken. Es ist erst fünf Uhr morgens und solltest Du zum Fitness ins aRosa wollen, dann hast Du noch eine gute Stunde Zeit zum Schnorcheln. Ich jedenfalls drehe mich noch mindestens zweimal um. Wir treffen uns um neun Uhr am Terminal zum Frühstück. Danach hissen wir die Segel. Gute Nacht soweit" sprach Claus zu mir und zog sich schlurfend wieder in seine Kabine zurück.

Auch wenn mein Segelschiff, eine Scalar 40, namens ‚off.limits', beruhigend oszillierte, fand ich einfach nicht wieder in den Schlaf. Mir gingen dabei verschiedene Gedanken durch den Kopf.

Das Leben hatte es mit mir bisher ziemlich gut gemeint. Na ja, ein paar größere und kleinere Kratzer hatte ich im Laufe der Zeit schon abbekommen, aber wer hatte das denn nicht ? Mein wirklicher Name war auch nicht York, sondern Jörg. Jörg Illmer. Wie ich zu diesem Spitznamen gekommen bin, weiß ich auch nicht mehr genau. Ich reiste viel, hatte ein paar sehr gute Freunde und die ein oder andere bezaubernde Damenbekanntschaft in meinem Umfeld. Zeit für eine monogame Zweierbeziehung hatte ich noch nicht gefunden oder lag es gar nicht an der Zeit ? Seit einem viertel Jahr gab es allerdings schon jemanden, mit der..., ach nee – heute Morgen war das kein Thema.

Die Glücksgöttin Fortuna war mir auch reichlich gewogen und hatte im Mai 2004 ihr Füllhorn über mich gestülpt. Mit dem unglaublichen Lottogewinn, in Höhe von sechs Komma fünf Millionen Euro, war ich von einem auf den anderen Tag jeglicher materieller Sorgen entledigt.

Obwohl ich vorher schon ein recht unabhängiges Leben frönte, vervielfachten sich somit meine wirtschaftlichen Möglichkeiten, ohne dass dies, zum Glück, unnötig publik wurde. Ein wenig unheimlich war mir schon zu Mute. Ich empfand die Gesamtsumme als zu gewaltig für eine Person, zumal ich bisher meist nur beängstigende Beispiele von Überfluss wahrgenommen hatte. Selten ging materielles Glück mit Lebensglück einher. Komisch, dass die meisten

Menschen nur nach den materiellen Dingen strebten und prompt ihr eigentliches Leben oder Glück übersahen. Sie verwechselten materiellen Besitz mit Glück.

Dies sollte mir so nicht passieren.

Für Milliardäre, Vielfachmillionäre oder Spitzenverdiener hört sich die Summe von sechs Komma fünf Millionen Euro vielleicht nicht viel an, aber wer braucht „wirklich" soviel Geld ? Hand aufs Herz: KEIN Mensch. Obwohl, ich hatte einmal einen Exmilliardär kennengelernt, der seine letzten zehn oder vielleicht noch zwanzig Jahre mit „nur" drei Millionen Euro auskommen muss. Hört sich ziemlich idiotisch an, aber dabei muss man wissen, dass dieser „arme" Mann in dem Bewusstsein erzogen und aufgewachsen ist, dass ihm monatlich immer Millionen zum Ausgeben zur Verfügung stehen werden.

So hat er dann auch Jahrzehnte gelebt – bis die Familiendynastie ohne sein Zutun in die Pleite rutschte. Jetzt muss er mit einer Summe sein restliches Leben bestreiten, die er sonst in ein bis drei Monaten verlebt hat. Das ist natürlich eine ganz spezielle Form von Armut und wird nicht jedem Verständnis entlocken. Sein gesamtes Leben entspricht auf jeden Fall einer menschlichen Tragödie. So oder so.

Es ist nun einmal eine Tatsache, dass die Materialien auf der Erde vorgegeben sind und sie sich in einem ständigen Kreislauf der Veränderung befinden. Selbst der Mensch zerfällt wieder zu Staub und fügt sich wieder in den Kreislauf ein. Genauso ist es mit Werten. Daher soll man zusehen, dass sich gewisse Werte und Materialien nicht nur auf eine Person konzentrieren, sondern passender verteilt werden.

Meinen Möglichkeiten entsprechend, spendete ich seit 2005, gezielt einen Teil meines Vermögens, anonym, um es wieder in den Kreislauf zurückzubringen. Für meine private Absicherung hat ein befreundeter Finanzverwalter, das Geld in drei Projekte investiert. Mein Familienname taucht in diesem Zusammenhang nicht auf, dennoch habe ich den vollen Zugriff auf das gesamte Kapital. Rund eins Komma fünf Millionen Euro spendete ich im selben Jahr namenlos und direkt in kleineren Beträgen an gute Freunde, Bedürftige und diverse Einrichtungen, von deren Nachhaltigkeit ich mich im Vorfeld persönlich überzeugen konnte.

Die restlichen zwei Millionen waren langfristig und konservativ zu fünf Prozent in einer italienischen Stiftung angelegt. Der jährliche Zinsertrag von 100.000.- Euro wurde von mir üblicherweise im April, durch eben diese Organisation, in Beträgen von 5.000.- bis maximal 20.000.- Euro an Projekte oder Personen „vermittelt", ohne dabei selbst in den Focus der Öffentlichkeit zu geraten. Dazu sammelte ich einfach nur Informationen im täglichen Leben. In dieses Konstrukt waren nur zwei verschwiegene Personen involviert.

In der Außendarstellung bezog ich zwar seit Juno dieses Jahres ein Beratungshonorar als strategischer Berater des Kurbetriebes Travemündes, aber allein hieraus ließ sich mein Lebenswandel nicht ableiten, sodass Nachbarn und Bekannte sich in Spekulationen und Gerüchten übten. Allerdings interessierte mich das nicht. Sollten sie sich doch das Maul zerreißen. Ich versuchte schon immer frei nach Seneca zu leben:
„Während es aufgeschoben wird, enteilt das Leben"

005

„Kapitän Matulionis war bester Laune. Er hatte die beiden Probleme vor einer Stunde auf seine ihm eigene, unkomplizierte Weise gelöst und befand sich gerade auf den Weg zurück auf die Brücke, nachdem er sich ein zweites Mal davon überzeugt hatte, dass alle Spuren restlos beseitigt waren. So ein Industriehochdruckreiniger erwirkte da wahre

Wunder.

Die ‚Helene Hartz' passierte gerade an Backbord die rote Tonne sechs, als Matulionis die Türklinke des inneren Brückenzugangs schloss. Mit kalkweißem Gesicht registrierte er sofort, dass sein Schiff noch viel zu schnell unterwegs war. Mit sechzehn Knoten über Grund schob sein ‚Baby' auf die Traveeinfahrt zu.

„Šūdas..., Prakeiktas !!" schrie und fluchte Matulionis in Richtung seines 1. Offiziers, was soviel hieß wie Scheiße – verdammt. „Maschine stopp und volle Fahrt zurück" herrschte er den Offizier an „wir können uns kein unnötiges Aufsehen erlauben !" und wusste dabei schon, dass es Ärger geben würde.

Maximal acht Komma eins Knoten, was fünfzehn Stundenkilometer entsprach, waren auf der Trave erlaubt. Sein Schiff würde noch mindestens achthundert Meter brauchen, um auf die maximal erlaubte Geschwindigkeit zu drosseln.

Der Schwell würde im günstigsten Fall ein paar Tausend Euro Schaden anrichten. Den ungünstigsten Fall mochte er sich gar nicht ausmalen. An einer Strafe würde er sicher auch nicht vorbeikommen...

006

Seit gleich fünfundvierzig Minuten saß ich auf dem Concept-2 Rudergerät im a.Rosa Fitnessraum und gab nun, von U2 mit Magnificent beschallt, die letzten hundertachtzig Sekunden Vollgas. Die 1:50-er Powersekunden senkten meinen fünfhundert Meter Gesamtschnitt auf für mich hervorragende 2:06 Minuten. Der Puls beschleunigte in dieser Phase kurzzeitig auf einhundertfünfundachtzig Schläge pro Minute.

Nach Beendigung der schweißtreibenden Übungseinheit, beobachtete ich den Herzfrequenzmesser sechzig Sekunden lang und stellte zufrieden fest, dass mein Puls sich in dieser Zeit wieder normalisierte. Zweifellos war ich im Moment in sehr guter Verfassung. Das regelmäßige Training über den Sommer hatte sich ausgezahlt.

Die ganze Zeit hatte ich den Fitnessraum für mich alleine. Die Hotelgäste lagen sicher noch im Bett und die Trainer kamen in der Regel auch erst gegen acht Uhr dreißig. Ein Blick zum Außenpool erfreute mich. Nur zwei Schwimmer im zwanzig Meter Becken. Schnell zog ich mir meine Badehose an, duschte kurz und sprang ins neunundzwanzig Grad warme Nass, um in dreißig Minuten eintausendfünfhundert Meter Kraul, ohne Beinschlag zu absolvieren. Bis zum ersten Frühstück hatte ich noch eine Stunde lang Zeit. Da gingen sich sicher noch ein bis zwei Saunagänge aus.

Schnell fiel ich in meinem vertrauten Schwimmrhythmus und ließ den Morgen noch einmal Revue passieren.

Nachdem ich morgens tatsächlich nicht mehr in den Schlaf fand, hatte ich mich um sechs Uhr fünfzehn leise auf den Weg zum a.Rosa gemacht. Claus und Dino lagen noch fest schlummernd in ihren Kojen. Frühaufsteher waren die beiden nicht.

Der Steg B im Passathafen, an dem der Liegeplatz der ‚o.li' war, lag noch wie ausgestorben in der morgendlichen Dämmerung. Kein Wunder, denn zum Ende September übernachteten nicht mehr viele auf ihren Booten. Den meisten wurde es schon zu frisch. Die 1911 gebaute Viermastbark Passat, lag wie immer eindrucksvoll in unmittelbarer Nähe. Mit ihren jetzt einhundert Jahren befand sie sich ziemlich gut in Schuss. Vier, vielleicht fünf Charteryachten lagen mit ihren Crews am Gästesteg. Bewegungen konnte ich dort aber auch noch nicht erkennen.

Ich genoss immer den morgendlichen Weg zum a.Rosa. In der Regel begegneten mir zu dieser Zeit immer nur wenige Menschen. Oft wabern noch leichte Nebelschwaden über der Trave. Erst auf der Überfahrt mit der Autofähre vom Priwall nach Travemünde wird es voller.

Viele Menschen sind auf die Nutzung der Priwallfähre angewiesen – was die Stadt Lübeck preislich auch reichlich ausnutzt. Einen Euro pro Person und einfacher Fahrt ist galaktisch und bestraft alle Menschen, die auf dem Priwall Urlaub machen. Die Preispolitik war mir vollkommen unverständlich. In ihrer Gier merken die Verantwortlichen nicht, dass sie sich und den Ort nur selber schaden.

„Hier kann man die teuerste ‚Kreuzfahrt' der Welt machen" pflegte eine ehemalige Travemünder Aktionskünstlerin zu sagen.

Wenn man den Fährpreis von einen Euro für die einfache Strecke von etwa einer Zehntel nautischen Seemeile, auf die tägliche Durchschnittsstrecke von vierhundertvierzehn Kilometern des ZDF Traumschiffes MS ‚Deutschland', das seit 2010 nicht mehr der Familie Deilmann gehört, zu Grunde legt, bezogen auf eine Weltreise, dann hätte man rund 33.500.- Euro für fünfzehn Tage hinzublättern. Diese bekommt der Reisende auf dem Traumschiff allerdings schon für zum Beispiel 12.900.- Euro. Dafür erhält er jedoch eine Südseetour vom Feinsten. Hin- und Rückflüge, komplettes Bordprogramm sowie leckerer Vollpension in einer Luxus-Außenkabine inklusive. Alle gehobenen Getränke und Landausflüge sind dabei auch noch locker drin.
Nicht das ich auf der Fähre Vollpension erwarte, aber angemessene Preise schon.

Die Vorderreihe auf dem anderen Traveufer liegt in der Regel auch noch in einem Dornröschenschlaf. Die Touristen strömen bei schönem Wetter erst nach zehn Uhr über die Promenade. Heute hatte ich auf dem Weg Henk getroffen. Er ist ein absoluter Segelprofi und sicher acht Monate im Jahr auf einem Schiff. Am liebsten segelte er am Limit. Einer seiner Wahlsprüche war *„Im Becher ersaufen mehr als im Meer"*.

Das gefiel mir und entsprach meiner Sichtweise. Wir wollten uns vielleicht heute Abend im Fisch Hus auf ein leckeres Fischgericht treffen. Neben dem Fischtempel im alten Fischereihafen, mein favorisiertes Fischlokal.

In den nächsten zwei Wochen hatte ich mich noch, in meiner Eigenschaft als strategischer Berater, mit ein paar Stadtvertretern rumzuschlagen. Es ging mal wieder bzw. noch immer um die Zukunft Travemündes und dringend notwendiger Investitionen und Korrekturen.

Ein Sumpf voller Filz und dubiosen Lobbyisten.

007

Das iphone läutete bereits schon zum vierten Mal, als Kapitän Matulionis das Gespräch mit unterdrückter Rufnummer widerwillig annahm. „Kas kalba...?" brummte er auf litauisch in den kleinen Apparat und unterbrach das Gespräch sofort wieder in klarem Hochdeutsch „Nee, da müssen sie sich verwählt haben" nachdem sich der Teilnehmer zu erkennen gab. Doch bloß jetzt nicht, dachte er. Vorsichtshalber schaltete er in den Flugmodus seines Handys, sodass keine Gespräche mehr auflaufen konnten. Mit einer ungelenken Bewegung verstaute er es in seiner dicken H2O Wendejacke.

Halbwegs entschuldigend blickte er schief lächelnd auf Polizeioberkommissarin Stina Wallison und verfiel dabei wieder in gebrochenes Deutsch. Matulionis hoffte, dass die Kommissarin seine klare Aussprache nicht mitbekommen hatte. Er musste sie so schnell als möglich von Bord haben. „Muust du wiessn, iest iimmer viele Beprotis..., ähem ihr sacgte ‚Verrüückte' in die Welt."

Natürlich hatte Stina Wallison registriert, dass der Kapitän nicht ganz aufrichtig ihr gegenüber war. Sie überging das – vorerst. Stinas Kollege Hans, der sie unaufdringlich anhimmelte, gab ihr ein Zeichen, dass der Alkoholtest negativ verlaufen war.

„Kapitän Matulionis, wir haben jetzt eine Anzeige wegen zu schnellen Fahrens, mit Schadensfolge, gegen sie geschrieben. Wir können den Schaden jetzt noch nicht genau beziffern, das wird ihnen die Staatsanwaltschaft später auflisten. Aus den bisher vorliegenden Meldungen ist jedoch von mindestens € 30.000.- Schäden auszugehen. Dazu ist noch mit einer erheblichen Geldstrafe zu rech…"

„…aber schöne Genossin Komisijos. Das alles nix gut. Du hast Beweis. Wir nix, gar nix getrunken. Ja, vielleicht eine wenig zu schnell, aber große Schaden ? Ich kann nich gloaben wirklich. Um zweiundzwanzigfünfundfünfzig ich muss wieder laufen aus. Sie mal…"

„Kapitän Matulionis" unterbrach Wallison kategorisch „wir werden das Schiff vorerst an die Kette legen. Wenn die Reederei oder ihre Versicherung eine entsprechende Kaution bis einundzwanzig Uhr hinterlegt, wird ihrem Zeitplan nichts im Wege stehen. Melden sie sich bitte noch einmal persönlich bis achtzehn Uhr in der Dienststelle. Vorläufig wünsche ich ihnen einen Guten Tag."

Zusammen mit ihrem Kollegen verließ sie die Brücke der ‚Helene Hartz' und begab sich zurück auf das von ihr kommandierte Streckenboot ‚Greif'. Jetzt wartete wieder jede Menge Papierkram auf Wallison. Wie so viele ihrer Kollegen, hasste auch sie diese notwendigen Formalitäten.

Unterdessen saß Kapitän Nojus Matulionis auf dem ungemütlichen Bord WC, was er ausschließlich für sich reklamiert hatte und erleichterte sich. Das wäre beinahe im doppelten Sinne in die Hose gegangen, dachte er. Da hatte er verdammtes Glück im Unglück gehabt. Sicher kostete ihm das wieder Monate seines Lebens, aber immerhin...

Jetzt hatte er ein paar dringende Telefonate zu führen.

008

„Hör mal zu, York. Den kennst Du sicher noch nicht" unterbrach Dildo mein Gespräch mit Claus über unseren heutigen kurzen Törnplan und schlürfte genüsslich an seinem Latte Macchiato.

„Okay, schieß los" ermunterte ich den wie immer bestens gelaunten Dildo, der von Haus aus eigentlich auf Dino hört und bekennender Junggeselle ist. Seinen Spitznamen machte er jedoch hin und wieder alle Ehre. Dildo brachte sich oder uns in so manche peinliche Situation. Wir sahen ihm das bisher immer wohlwollend nach. Hatten wir doch mit ihm ständig viel Spaß. Selbst nach seiner Schussverletzung, die er sich im Mai dieses Jahres zugezogen hatte, verlor er seinen Humor nicht. In der Lübecker Uniklinik lagen ihm die Frauenherzen reihenweise zu Füssen. Das gipfelte sogar darin, dass sich das weibliche Klinikpersonal freiwillig abwechselte, um ihm warme Speisen aus einem fünf Kilometer entfernten Restaurant zu besorgen. Inzwischen war die Verletzung soweit verheilt, dass er seinen Arm fast wieder in vollem Unfang einsetzen konnte. Seinen Job in der Getriebeabteilung bei VW in Wolfsburg, durfte er ab 03.Oktober wieder antreten.

„Okay. *Also Hinnerk wohnt seit Jahren im Ausland und schickt den Eltern zu Weihnachten einen hübschen Spiegel als Geschenk. Schaut der Vater rein: "Oh, guck dir unseren Hinnerk an ! Der sieht ja schrecklich aus !" Nimmt die Mutter den Spiegel: "Na, kein Wunder, wenn der so ne alte Schlampe als Freundin ha !"* Wir lachten amüsiert, was Dildo zum Anlass nahm und sofort einen nachschob.

„In der Warteschlange an der Bushaltestelle steht eine junge hübsche blonde Dame. Sie ist mit einem ganz engen Lederminirock gekleidet und dazu passenden Lederstiefeln und Lederjacke. Der Bus kommt und sie ist an der Reihe. Als sie versucht, in den Bus zu steigen, merkt sie, dass sie wegen des engen Minirocks ihr Bein nicht hoch genug für die erste Stufe bekommt. Es ist ihr zwar peinlich, aber mit einem kurzen Lächeln zum Busfahrer greift sie hinter sich, um den Reißverschluss an ihrem Minirock ein bisschen zu öffnen und so mehr Bewegungsfreiheit zu haben. Leider reicht dies aber noch nicht aus, das Bein hoch genug für die erste Stufe zu heben. Sie greift wieder nach hinten, um den Reißverschluss weiter zu öffnen, muss aber anschließend feststellen, dass sie immer noch nicht bis zur ersten Stufe gelangt. Sie lächelt dem Busfahrer noch einmal zu und öffnet den Reißverschluss, zum dritten Mal, noch ein bisschen weiter – vergebens. Der Rock bleibt zu eng und die erste Stufe unerreichbar. Da packt sie ein in der Warteschlange hinter ihr stehender Mann an der Hüfte und hebt das Mädchen grinsend auf die erste Stufe. Sie ist völlig empört und dreht sich um: "Wie können sie es wagen mich anzufassen. Ich weiß ja nicht mal wer sie sind !" Darauf er: "Normalerweise würde ich Ihnen zustimmen. Aber nachdem sie jetzt dreimal meine Hose geöffnet haben, dachte ich, wir wären Freunde !!"

Dildo schüttelte sich selbst vor Lachen.

Auch an den beiden Nachbartischen konnten sich die Gäste nicht zurückhalten. „Wie ich ihn kenne, hat er die Geschichte bestimmt an der eigenen Hose erlebt“ raunte mir Claus glucksend zu. Es fiel uns schwer, das weitere Frühstück beim Stadtbäcker in Ruhe einzunehmen. An ernsthafte Gespräche war zu diesem Zeitpunkt nicht zu denken, da wir die volle Aufmerksamkeit der Nebentische hatten. Sie klebten förmlich an den Lippen Dildos, der voll in seinem Element war und einen Kalauer nach dem anderen raushaute. Es war seine Bühne. Ich gönnte mir dabei einen herzhaften Biss in mein noch warmes Franzbrötchen.

Gerade vernahm ich ihn feixend Oscar Wilde vortragen: *„Die Ehe ist gegenseitige Freiheitsberaubung in beiderseitigem Einvernehmen."*

Jetzt war Dildo auf Hochtouren. So langsam sollte ich ihn einmal einbremsen, ging es mir durch den Kopf. *„Ihr wisst doch, manche Frauen tun für ihr Äußeres Dinge, für die ein jeder Gebrauchtwagenhändler ins Gefängnis käme oder um es mit Olga Tschechowa zu sagen: Liften ist die Kunst, den Geburtsschein zu dementieren."*

Jetzt war es raus.

Wie der Zufall...
Kann so etwas Zufall sein..?

...so spielte, fühlte sich hierdurch offensichtlich eine im angrenzenden Eiscafe Venezia sitzende, mit teurem Klunker überladene und gesichtsgestraffte Dame älteren Semesters, angesprochen. Ich hatte sie schon vor ein paar Minuten entdeckt. Nur unser Dildo natürlich nicht.

Ihr Begleiter, wahrscheinlich ihr Gatte, fühlte sich augenscheinlich nicht ganz wohl in seiner Haut. Sie maß Dildo mit einem geringschätzigen Blick und reagierte äußerst unwirsch. „Junger Mann, solche Unterstellungen und Lügen brauche ich mir doch von ihnen nicht anzuhören. Was wissen sie denn schon von schönen Dingen. Wahre Schönheit kommt aus dem Inneren und die kann ich bei ihnen nicht erkennen." Dabei war kaum eine Mimik in ihrem Gesicht auszumachen.

Dildo stutzte kurz und erwidert lachend: „Ich möchte ja gar nicht wissen, warum sie sich angesprochen fühlen, aber wissen sie, ich kenne zwei große Lügen. *Erstens, das Geld ist schon überwiesen und zweitens, Schatz, ich liebe Dich..."*

Die mittlerweile auf bald vierzig Personen angewachsene Schar von Zuhörern johlte vor Lachen.

„Schatzi" schäumte die Dame mit schriller Stimme „wir fahren !" Hektisch sprang sie dabei auf und verschüttete den restlichen Prosecco aus ihrem Glas, auf ihre sicher nicht billige, weiße Lederjacke. Ohne auf ihren perplexen Gatten zu warten, schritt sie schnellen Schrittes zu ihrem nicht weit entfernt geparkten, silbernen Jaguar XJ.

Dildo konnte nicht an sich halten und fragte in die Runde: *„Wie heißt das Lebensende mit drei Buchstaben ?"*

Bevor einer der Anwesenden antworten konnte, sagte Schatzi trocken: *„Ehe."* Er grinste verlegen und machte sich auf, seiner ‚Schönheit' nachzueilen.
Leben und leben lassen

Das war für uns das Signal aufzubrechen. Schließlich wollten wir den schönen Tag zum segeln nutzen.

009

Kapitän Matulionis hatte das Klingelsignal seines iphone selbst noch nicht gehört, da vernahm er schon eine der Panik nahen Stimme. „Mein Gott, was ist denn los ? Höchste Zeit, dass Sie sich melden !"

„Lėtai - lėtai mein lieber" brummte die sonore Stimme des Kapitäns, der nie verstand, warum ihm sein Gesprächspartner nicht auch duzte. Wahrscheinlich hielt er sich für etwas Besseres. „Wir hatten hier einige Probleme, aber ich denke, die Situation scheint bereinigt. Kostet nur eine Stange Euros. Allerdings sollte unsere Versicherung für den Schaden gerade stehen. Die Reederei ist da schon dran."

„Herr Matulionis, ich habe da ein Riesenproblem. Sie müssen unbedingt ein Paket für mich entsorgen. Noch heute Nacht !"

„Vergiss es. Wie stellst Du Dir das denn vor ? Wir müssen jetzt erst einmal die Ladung sauber übergeben und zudem laufe ich heute Nacht wieder aus. Ich habe die WaschPo am Arsch und selbst ohne die, genug Probleme am Hals."

„Bitte nicht so einen kühnen Ton, Herr Kapitän Matulionis. Die Hand, die einen füttert, soll man nicht wegschlagen" ertönte es gestelzt und zwei Oktaven höher aus dem Hörer.

„Kann die Hand mich auch aus dem Knast befreien, wenn es schief geht ?? Wohl nicht.
Da stehe ich mir doch näher."

„Wenn Sie den Job nicht machen, dann bleiben Sie auf der frischen Ware sitzen" drohte die Stimme jetzt im Falsett.

Matulionis wog ab.

Natürlich hatte der Pfau die besseren Karten. Er hatte erst ein Drittel der vereinbarten Summe erhalten und wo sollte er mit der Ware bleiben ? Wieder mit zurücknehmen ? Das war ein viel zu großes Risiko und einfach entsorgen ? Nein, dass schaffte nicht einmal er. Er kannte den Pfau nicht einmal. Keiner kannte ihn. Der Pfau war schlau. Übergaben gab es nur an abgelegenen Plätzen ohne direkten Kontakt. Keine Zeugen. Es war jedes Mal unheimlich, aber bisher lief alles korrekt ab. Die üppige Bezahlung stimmte immer. Hingegen hatte er noch nicht genug zusammen, um seinen Lebenstraum zu erfüllen. Was war der Pfau wohl bereit zu zahlen ? Der Stimme nach zu urteilen sicherlich einen ganzen Batzen. „Eventuell sehe ich da noch eine minimale Möglichkeit…" fing der Kapitän an.

„…Na also, dachte ich's mir doch, dass Sie noch vernünftig werden" fiel er ihm ins Wort.

„Dreißig Tausend !"

„Waaas ???" brauste der Pfau auf „Sie sind wohl nicht bei Trost !"

„Ich denke, das sollte ihnen die schmutzige Arbeit wert sein. Ihre Hände bleiben dabei ja rein. Dreißig Tausend und die dreißig Tausend für die heutige Lieferung. Zahlung bei Übergabe. Nur in kleinen Scheinen. Keine Zwei- und Fünfhunderter. Ich habe nur maximal sechzig Minuten Zeit, also dann genau um zwanzig Uhr zwanzig. Ich fahre wieder mit dem weißen VW Transporter. Wie immer in Teutendorf in der alten Bollbrugger Scheune ?"

„Ja natürlich" fauchte der Pfau „dann bereite ich alles vor. Genug Stroh werden Sie vorfinden. Mein Paket deponiere ich im Abstellraum. Das Geld wird dort wie immer unter der rostigen Motorhaube platziert sein. Ich gehe davon aus, dass die neue Ware neutralisiert ist ?"

„Sicher. Bis morgen Vormittag verdirbt die Lieferung nicht. Die faule Ware ist schon aussortiert" spottete der Kapitän mitleidlos.

„Wie hoch war die Dezimierung ?"

„Der Schwund liegt bei zwanzig Prozent. Sieh es als eine Art natürliche Auslese an. Jetzt hast Du einwandfreie 1A-Qualität" erwiderte Matulionis kalt und beendete rasch das Gespräch. Noch einmal dreißig Tausend extra. Davon musste er keine sechzig Prozent an seine Zulieferer abgeben !

Er grinste in sich hinein und war mit dem Verlauf des Gespräches mehr als zufrieden.

010

Immer noch unter dem Eindruck des lustigen Frühstückserlebnisses waren wir gerade dabei, uns am Leuchtenfeld auf den Steg der Mary zu begeben. Die Mary ist das kleine Transferboot des Lübecker Yacht Clubs, das uns immer zuverlässig, trockenen Fußes zu dem Priwall-Passathafen übersetzt, wo unsere Segelyacht vertäut liegt.

„Ahoi York“ schallte es von der Terrasse des Lübecker Yacht Clubs. Freudig winkten uns Jack, Henk und Hippo zu sich an den Tisch.

Währenddessen wir die knapp zwanzig Meter zurücklegten, glitt die einhundertdreiundachtzig Meter lange und beinahe neunundzwanzig Meter breite, blauweiße ‚Transeuropa’ der Finnlines Traveeinwärts an uns vorbei. Das Ro-Ro-Schiff, mit 1A Super Eisklasse, kann sogar über einhundert Passagiere aufnehmen. Es befand sich von St. Petersburg kommend auf dem Weg nach Lübeck. Eine Tour von rund zweieinhalb Tagen. Da die Kabinen recht großzügig sein sollen, die Mahlzeiten schmackhaft und sich auch eine Sauna sowie ein Pool an Bord befinden, dürfte die Zeit wie auf einem kleinen Kreuzfahrtschiff vergehen. Ausprobieren wollte ich das schon immer einmal.

„Ahoi ihr drei Segelbären“ begrüßte ich das Team herzlich.

Jack, ein engagierter und leidenschaftlicher Regattasegler, nutzt jede freie Minute auf seiner Segelyacht, um den Berufsstress hinter sich zu lassen. Henk, den ich heute Morgen schon kurz getroffen hatte, ist ein Segelpro, wie er im Buche steht. Er lebt praktisch Segeln und optimiert das Team um Jack, sofern es seine Zeit erlaubt. Er weiß alles, was es über Boote zu Wissen gibt. In der Regel kümmert er sich als Bootsmann und Kapitän um eine elegante zweiundsiebzig Fuß Segelyacht.

Hippo ist ein erfolgreicher Getränke Großhändler für belgische Biere und vor allem für Grappa. Wenn es nach ihm ginge, dann wäre die Ostsee mit Grappa gefüllt oder zumindest mit Bier – nur Letzteres schäumt ihm zu sehr. Er hatte meist, wie auch heute, ein schrulliges Outfit an. In der Regel trägt Hippo einen grauen Cut. Cut ist die Kurzform für Cutaway und leitet sich von den abgeschnittenen Ecken des Gehrocks ab. Dieses im neunzehnten Jahrhundert entwickelte

Kleidungsstück für Herren wird eigentlich nur am Vormittag, beziehungsweise nie nach achtzehn Uhr, zu festlichen Gelegenheiten getragen. Das war Hippo aber egal. Nur beim aktiven Segeln legte er diesen ab. Ich interpretiere das so, dass das Leben für ihn täglich ein Fest bereit hält.

„Was treibt euch auf einen Dienstag hierher oder ist es bereits Mittwoch ?“ nahm ich den Faden wieder auf.

„Die Wettervorhersage für heute ist genial. Das wollen wir uns nicht entgehen lassen. Wollt ihr nicht zusammen mit uns raussegeln ?“ fragte Jack.

„Natürlich, aber nur, wenn ihr hübsche Frauen an Bord habt“ warf Dildo sofort ein.

„Du, wir haben schon einen kleinen Plan gemacht und wollen die letzten schönen Tage auf der ‚o.li‘ nutzen“ erwiderte ich. „Sechs schnelle Cappu, bitte“ gab ich der Servicekraft mit auf dem Weg. „Ihr trinkt doch noch einen mit ?“ wandte ich mich wieder an die Segelbären. „Vielleicht können wir uns gegen vierzehn Uhr in Neustadt bei Klüvers Brauhaus zum Fischbrötchenessen treffen ?“

„Gute Idee“ schallte es wie aus einem Munde.

„Dann können wir unsere Weizenbiervorräte auch wieder einmal auffüllen“ brachte sich Dildo ein „da ist dringender Handlungsbedarf gefragt. Ist ja beinahe ein Sportlerbier.“

„Prooost Männer…“ lallte es von dem einzigen noch besetzten Tisch herüber. Da saß wie immer Bob, der eine Begegnung mit einer Finnlines Fähre nur knapp überlebte und nun täglich im sprichwörtlichen Becher ersoff. Traurig.

Andererseits bewies er mit seiner Anwesenheit einen gewissen Stil und Geschmack. Hier im Clubhaus oder auf der Marina Restaurant Terrasse, erhielt man einen prächtigen Blick auf das Travegeschehen. Alle auslaufenden oder einlaufenden Fähren, Sportboote oder Kreuzfahrtschiffe, passierten diesen Punkt so dicht, dass einem das beeindruckende Gefühl beschleichen konnte, ein jedes Gefährt berühren zu können. Marines (Er-) Leben pur. Zusammen mit einer appetitlichen Speise oder einfach nur einem leckeres Getränk, lädt diese Kulisse zum Träumen ein. Als Bonbon gibt es sogar gratis den Anblick der Viermastbark Passat, auf dem gegenüberliegenden Traveufer, dazu.

„Die Finnlines ist heute rund fünf Stunden zu spät eingelaufen“ warf Henk ein „wo die sich wohl verspätet hat. Normalerweise kannst du deine Uhr nach denen stellen.“

„Habt ihr den Drachen am Mary Steg schon gesehen ?“ fragte Henk, „der ist fast ein Totalschaden.“ Der norwegische Konstrukteur Johan Anker hatte dieses Boot 1929 gezeichnet. Seither hat sich das fast neun Meter lange und knapp zwei Meter breite Segelboot, weltweit größter Beliebtheit erfreut. Ein Drachen ist eine eigene und elegante Drei-Mann-Kielbooteinheitsklasse. „So ein Ro-Ro-Trailer ist heute mit richtig viel Dampf in die Trave geschoben und hat erhebliche Schäden verursacht. Der muss ganz schön Schwell gemacht haben. Quasi so einen Minitsunami. Die WaschPo hat ihn aber schon in der Mangel“ führte Henk weiter aus.

011

“Frau Doktor Schmacht-Schnabel, darf ich ihnen noch einen Bellini servieren ?“ flötete die Servicekraft etwas übertrieben zuvorkommend.

„Oh ja, einen darf ich sicherlich noch zu mir nehmen, nicht wahr mein Söckchen“ zwitscherte Sonja Schmacht-Schnabel durch ihre schlecht aufgespritzten Lippen. Ihre Frage war wohl eher rhetorischer Art, als das sie auf eine Antwort bestand. Sie gefiel sich in der Rolle einer Society Lady.

Mit ihren einundfünfzig Jahren fühlte sie sich immer noch wie eine Fünfundzwanzigjährige, jedenfalls in Teilbereichen. „Obwohl.., die eine oder andere Stelle könnte auch schon wieder nachgebessert werden“ dachte sie bekümmert.

Dr. Johannes Schnabel schreckte innerlich auf.

Er hasste es, wenn seine Ehefrau ihn in der Öffentlichkeit mit seinem Kosenamen ansprach. Allein schon Söckchen. Vor ein paar Jahren, als sie sich kennen lernten, da fand er es noch neckisch. Mittlerweile war es ihm nur noch peinlich. Seine Zuneigung zu Sonja bestand lediglich auf dem Papier. Sie war ihm zu anstrengend geworden. Immer diese ungezügelte Geltungssucht und dieser Jugendlichkeitswahn. Nicht, dass er jüngeren Frauen gegenüber abgeneigt war, aber ihre Züge nahmen schon groteske Formen an. Eine Trennung kam für ihn dennoch nicht in Frage. Noch nicht.

Politisch hegte er noch Ambitionen und war überzeugt, dass eine Scheidung ihm nicht zum Vorteil gereichte. Wie ging es ihm gegen den Strich, dass Sonja überall mit Frau Doktor angesprochen wurde. Sie hatte keinen Titel. Einzig er hatte promoviert. Okay, sie war die Vorsitzende des heimischen Golfclubs, aber auch hier lag einiges im Argen.

Er musste sich diese Woche noch mit der städtischen Grundstücksverwaltung, wegen des Grundstücks am Leuchtenfeld, auseinander setzen, ging es ihm kurz durch den Kopf. Er hoffte, das Stückchen Land, auch Tornadowiese im Volksmund genannt, für kleines Geld zu ergattern. Einen Interessenten dafür hatte er schon an der Angel. Ein wenig finanzielle Zuwendung an den richtigen Stellen positioniert, sollte ihm dabei helfen. Im Moment hatte er zu viele Töpfe am Kochen. Es sah in den meisten Töpfen sehr viel versprechend aus, aber noch war nichts gar.

Der Topf, in dem die Suppe versalzen war, den musste er neu zubereiten.

Wie auch immer. Er gestattete sich, seine Krawatte ein wenig zu lockern. Dr. Johannes Schnabel hatte es zu Etwas gebracht. Seine Anwaltskanzlei lief überdurchschnittlich gut. In den richtigen Clubs und wichtigsten Einrichtungen war er präsent. Seine Wahl in den Kirchenvorstand ein kluger Schachzug. Politisch machte sich das ausgezeichnet.

Wann war ich eigentlich zuletzt in der Kirche, sinnierte er. Es muss wohl Ostern gewesen sein. Zeit, sich wieder einmal zu zeigen, möglichst Medienwirksam. Er notierte sich hierfür gleich den 03.Oktober. Im Januar hatte er seinen vierundfünfzigsten Geburtstag gefeiert. In den nächsten drei Jahren wollte er einen fühlbaren Karrieresprung machen, entweder auf Landes- besser noch auf Bundespolitischer Ebene. Dr. Schnabel war überzeugt, dass er das Rüstzeug für höhere Weihen besaß. Seine Parteimitglieder und die Wählerschaft würde das demnächst sicher erkennen. Er plante in naher Zukunft, mit in jeder Hinsicht wirkungsvollen Spendenaktionen, zu punkten. Seine Kriegskasse war prall gefüllt.

Man würde ihn BITTEN, für ein hohes Amt zu kandidieren !

Man würde ihn LIEBEN !

Seine roh marinierten Langoustinos mit Grapefruitgelee, an Mandel Rosencreme mit Shiso und Ingweröl, mundeten ihm ausgezeichnet und hoben seine Laune erheblich. Heute hatte das La Belle Epoque im Travemünder Columbia Hotel, ausnahmsweise einmal, schon zur Mittagszeit geöffnet. Sicher ein Grund dafür, dass nur noch ein weiterer Tisch besetzt war. Die mit zwei Michelinsternen ausgezeichnete Küche begeisterte ihn jedes Mal. Er zeigte sich hier gerne aus gesellschaftlichen Gründen.

Sein Blick schweifte gerade über die, durch die Sonne beschienene, Lübecker Bucht. Ein weißer Frachter hatte gerade die Travemündung verlassen und war auf den Weg Richtung Norden. In dessen Nähe machte er ein kleines Fischerboot aus, welches von einer Schar Möwen eskortiert wurde, was wiederum auf einen erfolgreichen Fang hindeutete. Weiter links glitt ein schnelles Doppelrumpfboot mit gutem Tempo über die Wellen und zwei Segelyachten kreuzten unmittelbar hintereinander, kurz vor Brodten Ost.

Schön ist es hier in Travemünde, ging es ihm einmal mehr durch den Kopf. Dieser herrliche Blick. Innerer Frieden und eine Illusion von Harmonie durchströmte ihn.

Als nächstes geriet Sonja wieder in sein Sichtfeld und zerstörte sein Bild von Einklang und Behagen.

012

„Hol' mal die Genua ein wenig dichter" wies ich Claus an „wir sind zwar nicht schneller als Jacks optimierte Grand Soleil, aber ein wenig ‚ärgern' können wir die schon. Wir ‚bremsen' sie erst einmal aus, denn Jacks Schiff hat viel mehr Tiefgang als wir. Wir halten einfach den Kurs. Um Brodten Ost muss er ja erst einmal herum und wir sollten das gerade so schaffen. Er befindet sich im achterlichen Lee und wir müssen ihm daher nicht ausweichen. Dass er sich noch in eine zwingende Vorfahrtsposition schiebt ist auf der verbleibenden kurzen Strecke unwahrscheinlich. Soweit liegen wir vom Potenzial doch nicht auseinander. Das wird ihm richtig Speed kosten und uns vielleicht den nötigen kleinen Vorsprung bringen, um die grüne Tonne 1 der Neustädter Hafen Ansteuerung als Erster zu passieren.

„Leg den Hebel auf den Tisch und gib einfach Gas" forderte Dildo. Wenn es nach ihm ginge, gäbe es weltweit nur Motorboote. Trotzdem fühlte sich Dildo in unserer Nähe gut aufgehoben und nahm den vermeintlichen Nachteil gerne in Kauf. „Segelboote sind für die Vitrine bestimmt" lautete einer seiner augenzwinkernden Aussagen, mit denen er sich nicht immer Freunde im Lübecker Yacht Club machte. „Ich mache mir schon mal das erste beziehungsweise letzte Bier auf. So ein schöner Tag muss gewürdigt werden“ sprach Dildo und tauchte in den Salon ab.

„Claus, trimme noch einmal die beiden Segel durch. Wir müssen maximale Höhe laufen um Brodten steuerbordseitig zu passieren. Das wird eng.“

„Hey, wollt ihr den Kahn umschmeißen ?“ ertönte es aus dem Salon „mein Bier ist umgekippt.“

„Nimm doch mal die Rolex aus der Pantry und wisch das Bier auf“ rief ich in den Salon hinein.

„Rolex, wieso soll das mit einer Uhr funktionieren ?“ hörte ich Dildo verständnislos rufen.

„Wir haben dich wohl noch nicht vernünftig eingearbeitet“ erwiderte mein XO lachend „York meint natürlich die Rolle Kleenex neben dem Schapp. Wir müssen uns eine kurze Weile auf die Backe legen, damit wir den Dalben sicher passieren. Also mach es Dir auf der Backbordkoje bequem.“

„Ha, schau mal. Wie vermutet, Jack legt noch einmal um und wir kratzen gerade so eben am Holz vorbei. Das war knapp. Jetzt gehen wir mit einem Dreihundertfünfundzwanzig Grad Anlieger direkt auf die Tonne 1 zu. Ich denke mal, dass sie uns kurz vorher eintüten. Einen Fehler werden sie wohl kaum machen. Gib mal ein wenig Lose.“ Sofort fierte Claus das Groß.

Fünfzig Minuten später, noch eine knappe Seemeile vor der grünen Tonne 1, schob sich Jack ganz langsam und mit breitem Grinsen an uns vorbei. „Da wird der Tag für Jack gerettet sein“ bemerkte Dildo trocken, der sich seit einer dreiviertel Stunde faul in der Plicht sonnte. Da wir unseren Kurs die ganze Zeit über beibehalten hatten, brauchte er sich auch nicht weiter zu bewegen, sodass er im Gesicht eine ungesunde Rötung aufwies.

„Hast Du Dich überhaupt eingecremt ?“ fragte ich zweifelnd,

obwohl ich es ihm vorher dringend angeraten hatte.

„Also, eincremen ist nur etwas für Weicheier. Wenn, dann lasse ich mich nur eincremen. Verstehst Du ?“ feixte Dildo etwas schläfrig, jedoch gut gelaunt.

Von unserer jetzigen Position aus konnten wir einige Fahrgeschäfte des Hansa Parks in Sierksdorf gut erkennen. Selbst jetzt in der Nachsaison waren an den Stränden und in Ufernähe, relativ viele Personen auszumachen. Den U-Boot Sektor, der hier weit über zwanzig Meter Tiefe aufwies, hatten wir schon hinter uns gelassen. Gesehen habe ich dort allerdings noch Keines, obwohl ich dort öfter unterwegs war. Der Sinn eines U-Bootes ist ja auch, sich nicht entdecken zu lassen. Ich würde mich in so einer Röhre nicht wohl fühlen.

„Okay, mein Lieber, jetzt ist Schluss mit Faulenzen. du darfst dich ein wenig einbringen“ wandte ich mich an Dildo. „Du und Claus dürft die Segel bergen und danach die Fender vorbereiten, damit wir ohne Kratzer im Alten Hafen festmachen können.“ Ich startete die Maschine. Claus, mein XO, wusste sowieso genau was zu tun war.

Direkt vor Klüvers Brauhaus hatte Jack am letzten freien Platz angelegt. „Gut, gehen wir Längsseits und legen uns mit Jack ins Päckchen. Alle Fender an Steuerbord ausbringen. Claus auf den Bug sowie Dildo ans Heck, mit der Festmacherleine in der Hand. Du übergibst deinen Festmacher an Hippo. Die anderen wissen was zu tun ist“ gab ich Anweisungen.

Schnell lagen wir sicher im Päckchen vertäut und überquerten Jacks Segelyacht über das Vorschiff. Kurz darauf saßen wir draußen vor dem Brauhaus. Bis auf meine Wenigkeit hatten alle ein Bier vor sich stehen. „In Brodten habt ihr uns ja ganz schön vernatzt“ sinnierte Henk „das hätte auch beinahe geklappt und ihr wärt uns durchgegangen.“

„Dein Ausflugsdampfer ist ja unglaublich schnell, York. Das sieht man ihm so nicht an“ zollte Hippo uns Respekt „Du musst unbedingt einmal mit zum Regattasegeln. Ich sage

Dir, dann bist Du infiziert.“ Hier an Land hatte er wieder seinen Cutaway am Leibe und bestellte bei der Bedienung einen Grappa für sich zum Essen. Er wollte gerne für jeden einen Grappa ausgeben, aber keiner wollte jetzt schon Hochprozentiges zu sich nehmen.

„Das war schon ganz schön geil“ machte sich nun Jack bemerkbar und freute sich offensichtlich über die gelungene Spontanwettfahrt.

„Okay, okay. Ist ja schon gut mit Eurer Schmeichelei. Ich verstehe den Wink und übernehme freiwillig die Mittagsspesen. Dann mal Prost !“

013

„Mayday, Mayday, Mayday“ schallte es aus dem Bordfunk der ‚Greif‘, dem achtzehn Meter langen Streckenboot der Wasserschutzpolizei Travemünde. Ein panisches „Manno – MaydayMaydayMayday – hier ist das Segelboot ‚Carmen‘ aus Neustadt“ hörte der Funker schon wieder, obwohl er rasch am Funkgerät war.

„Zentrale – wir übernehmen. Segelboot ‚Carmen‘. Hier spricht die Wasserschutzpolizei Travemünde. Wie können wir ihnen helfen ?“

„Wir treiben auf die Küste zu und unser Ruder reagiert nicht mehr. Die Segel haben wir schon geborgen, aber wir sind jetzt manövrierunfähig. Unser Skipper liegt mit einer Lebensmittelvergiftung in der Koje. Der Fisch muss wohl schlecht gewesen sein. Wir haben keine Segelerfahrung“ hörte der Bordfunker die panische Stimme und stellte dabei die Lautstärke des Gerätes auf Anschlag, damit auch alle die Meldung gut verstehen konnten.

„Segelboot ‚Carmen'. Können sie uns ihre genaue Position übermitteln, damit wir sie lokalisieren können“ antwortete der Funker routiniert und mit fester Stimme.

„Das zerkratzte GPS zeigt 53°57' N und 10°52' E. Machen sie schnell“ kam es zurück.

„Wie viele Personen sind an Bord und was für ein Schiff haben sie ?“ Gleichzeitig ermittelte der Funker die genaue Position, wenngleich er schon ziemlich genau wusste, wo sich die Segelyacht befand.

Die ‚Greif' steuerte bereits seit einer halben Stunde unter Motorbetrieb, mit knappen zwei Knoten, auf der Trave und befand sich gerade in Höhe des Kreuzfahrtterminals.

„Das ist doch gleich um die Ecke vor dem Hauptstrand. Blaulicht und Signal an. Geschwindigkeit auf zehn Knoten erhöhen und wenn frei, hinter der Mole scharf nach Backbord“ gab die Schiffsführerin Stina Wallison vor. „Das Kontrollboot fertig machen.“

„Wir sind zu viert auf einer Dehler Duetta 86 mit orangefarbenem Rumpf. Bitte beeilen sie sich !“

Babsi und Susi waren wie immer gut in Form, sodass es kein Problem darstellte, in kürzester Zeit die achtundzwanzig Tonnen auf zehn Knoten zu beschleunigen. Der Bordingenieur hatte den beiden je 630 PS starken Motoren der ‚Greif' liebevoll die Kosenamen gegeben. Auf der Trave war zu diesem Zeitpunkt kein Schiffsverkehr auszumachen. Rasch erreichte das Schiff den Leuchtturm am Ende der Mole und setzte sich gleich dahinter Backbordseitig quer ab.

„Da haben wir ja schon unsere Schiffbrüchigen. Einen kleinen Puffer haben wir ja noch“ stellte POK Wallison fest „Hans und ich werden mit dem Kontrollboot Längsseits gehen und uns das Ganze einmal ansehen. Wir können die Yacht auch vorerst mit unserem Kontrollboot ein wenig vom Ufer wegziehen. Später kann dann die ‚Greif' die Yacht übernehmen. Mit wenigen Handgriffen war das Kontrollboot einsatzbereit und die beiden Beamten zu der Dehler Yacht unterwegs.

„Na endlich, das wurde aber höchste Zeit“ wurden sie beunruhigt von einem kräftigen Mann in den Fünfzigern empfangen. Die beiden anderen Mitsegler, etwa im gleichen Alter, saßen erschöpft mit je einem Paddel in der Hand an Deck. Sie hatten vorher versucht, die Yacht vom Land weg zu paddeln.

„Ich bin POK Stina Wallison und komme an Bord“ sagte sie und schwang sich elegant auf die Segelyacht. „Gibt es irgendwelche Verletzte ?“

„Nein. Nur unserem Skipper geht es elendig“ brummte der kräftige Mann und Stina Wallison schlug dabei eine deutliche Alkoholfahne entgegen.

„Ich kümmere mich sofort um ihn, aber vorher schalten wir bitte erst einmal den Autopiloten aus, dann wird das Ruder sicher wieder einsatzbereit sein“ merkte Wallison ohne Ironie an und verschwand unter Deck, nachdem der Autopilot auf off stand. Die drei Mitfahrer starrten sich mit offenen Mündern und hochrotem Kopf an.

Wallison stellte schnell fest, dass die Lebensmittelvergiftung des Skippers, eher auf zu große Mengen an Alkohol herrührte.

„Meine Herren“ sagte sie streng „da wir es erkennbar mit dem Freund Alkohol zu tun haben, als mit einer Lebensmittelvergiftung, schlage ich vor, dass einer meiner Kollegen die Yacht zum Leuchtenfeld führt und dort festmacht. Ihre Personalien müssen wir ebenfalls allesamt aufnehmen.“ Dabei nahm sie ihr Funkgerät in die Hand und gab Anweisung, dass zwei Kollegen von dem zusätzlich eingetroffenen Dienstschlauchboot, das Kommando an Bord übernehmen sollen.

„Das ist ja noch einmal glimpflich ausgegangen“ äußerte

Wallison erleichtert, als sie wieder zurück an Bord der ‚Greif' war „wenn doch nur alle Einsätze so wären. Die haben in ihrem Zustand nicht mehr wahrgenommen, dass der Autopilot eingeschaltet war. Kleine Ursache mit großer Wirkung. Okay, das war es wohl für heute." Da konnte sie vielleicht endlich wieder ein entspanntes Date mit York vereinbaren, ging ihr wohlig durch den Kopf.
Wenn sie sich da einmal nicht täuschte…

„Maschinen auf fünf Knoten. Wir fahren zurück.

014

Kapitän Matulionis hatte schon die Bestätigung der Kostenübernahme der Schäden durch die Versicherung der Reederei zugefaxt bekommen. Bestens gelaunt erschien er deshalb schon früh im Revier der Wasserschutzpolizei Travemünde, um das Auslaufen seines Schiffes ‚Helene Hartz' sicher zu stellen.

Er empfand es als zusätzliches Glück, dass diese ‚Tussi', wie er sie nannte, er nannte alle ihm selbst bewusst gegenüber tretende Frauen ‚Tussi', sich nicht im Revier aufhielt. Nicht, dass ihm demzufolge eine bevorzugte Behandlung widerfuhr, aber er hatte keine Lust, sich mit der Kommissarin noch einmal auseinander setzen zu müssen.

Nach einer halben Stunde hatte er den Papierkram endlich erledigt und, so hieß es, zu dem Verfahren musste er wieder in Lübeck erscheinen, ansonsten würde es richtig teuer für seine Reederei werden. Darüber machte er sich jetzt erst einmal keine Gedanken. Für ihn war wichtig, dass er heute Nacht pünktlich loskam. Neue Fracht wartete in seinem Heimathafen Klaipeda.

Die größte Hafenstadt Litauens war mit 183.000 Einwohnern

zugleich die drittgrößte des Landes. Der auch im Winter eisfreie Hafen gewann immer mehr an Bedeutung. Das war natürlich auch gut für Matulionis. Je mehr Betriebsamkeit herrschte, desto unbemerkter konnte er seinen Nebengeschäften nachgehen.

In Gedanken versunken schlenderte er an der Uferpromenade Richtung Fischereihafen. Dabei entledigte er sich seiner dunkelblauen Wendejacke. „Ganz schön warm" dachte er. Die Jacke lässig über den linken Arm gehängt, sah er sich die Auslagen der Geschäfte an. Ein wenig Zeit hatte er noch, bis er mit seinem Transporter starten musste. Er wunderte sich ein wenig über die hohen Bernsteinpreise in den Auslagen. Bernstein gab es an seinen Heimatstränden nach einem Sturm zuhauf. Schon als Kinder fanden sich nach einem Sturm seine ganzen Kumpels am Strand ein, und jeder war darauf erpicht, die meisten und größten Stücke zu entdecken.

Beim Stadtbäcker kaufte sich Matulionis einen Coffee to go, da er sich nicht in ein Cafe setzen wollte. Auf der Trave weckte eine Holzkogge unter Motorbetrieb kurzzeitig seine Aufmerksamkeit, dann bewegte er sich weiter. Pier 27 hieß ein Shop, der ihn wiederum kurz einhalten ließ. Ein schöner Name und nicht gerade untypisch in Häfen, ging es ihm durch den Kopf. Nur die Textilien waren für ihn zu jung, zu modern. Zumindest für jetzt. Später vielleicht, wenn er mehr Freizeit hatte.

Somit bummelte er weiter in der Vorderreihe. Niemand nahm so wirklich Notiz von ihm. Seine Erscheinung in Jeans und grauem Pullover machte ihn zwischen den ganzen Menschen beinahe unsichtbar.

Gerade als er sich entschloss, die Straßenseite zum wiederholten Male zu wechseln, traute er seinen Augen kaum. Aus der nur einen Spalt geöffneten Fahrertür, eines grauen VW Transporter in zehn Meter Entfernung, kräuselte sich kaum sichtbar, dünner Zigarettenrauch. Matulionis entgingen solche Kleinigkeiten selten. Das Kraftfahrzeug stand mit laufenden Motor und eingeschalteter Warnblinkanlage auf der

Strasse, genau auf der Höhe der Volksbank . Im Wagen war nur eine Person auszumachen. Er schätzte den Mann auf etwa fünfundfünfzig Jahre, welcher entspannt am Rauchen war. Sicher ein Routinejob für den Fahrer. Was sollte hier im beschaulichen Travemünde denn auch schon passieren ?

An der Seite und am Heck war jeweils ein kleiner, dezenter Aufkleber angebracht, auf dem CPT zu lesen war. CPT stand für Capital Protect Transport.

Niemand weiter achtete auf den Wagen. Ohne weiter nachzudenken und aus einem inneren Impuls heraus, stellte er im Vorübergehen, den halbleeren Kaffeebecher auf den Kofferraum einer parkenden Limousine. Automatisch griff Matulionis in seine Jacken, welche sich immer noch in der linken Armbeuge befand. Wie durch Zauberei lag auf einmal sein „Talismann", eine Art Schlagring aus Edelstahl, fest in seiner kräftigen Hand.

Nun ging alles sehr schnell und er konnte im Nachhinein kaum mehr genau sagen, wie alles im Einzelnen ablief. Er hatte es noch nie verstanden, aber war in diesem Falle dankbar dafür, dass in Deutschland an Arbeitsplätzen der Nichtraucherschutz so ausgeprägt war.

Mit wenigen Schritten war er auf Höhe der Autotür und riss diese auf. Der erste Schlag traf den Kehlkopf des völlig überraschten Fahrers. Der zweite Schlag traf unmittelbar danach die Schläfe. Durch die heftige Gewalteinwirkung spritzte dessen Blut bis an das Beifahrerfenster. Lautlos sackte der Mann in sich zusammen. Seine Wendejacke schmiss er achtlos vor sich auf das graue Armaturenbrett. Schnell wuchtete er den Körper auf den Nebensitz und setzte sich an das Steuer.

In dem Moment, wo er auf das Gaspedal trat, trat der Kollege des schwer verletzten Fahrers durch die automatische Tür der Bank, auf den Gehweg der Vorderreihe. Mit der Waffe in der Hand rannte der zweite CPT Mitarbeiter hinter den Transporter her, musste aber nach nur wenigen Metern feststellen, dass es sinnlos war. Die Dienstwaffe konnte er in dieser belebten Zone auch nicht einsetzen. Damit hätte er Unbeteiligte in höchste Gefahr gebracht. Frustriert piepte er seine Einsatzzentrale an und meldete den Raub, sowie seine Beobachtungen über das Blut an der Seitenscheibe.

Die Zentrale gab sofort Alarm bei der Polizei.

Innerhalb zwei Minuten war die Travemünder Polizei, welche nur unweit des Tatortes im Moorredder stationiert ist, mit drei Streifenwagen vor Ort. Die Besatzung eines Einsatzwagens kümmerte sich um den Tatort und den geschockten CPT Mitarbeiter. Die anderen zwei Wagen nahmen die Verfolgung auf.

Dank eines GPS Peilsenders im CPT Wagen konnte die Firmenzentrale laufend die Position übermitteln. Das erhöhte die Chancen auf Seiten der Polizei erheblich, den Täter rasch zu fassen. Der gestohlene Transporter bewegte sich mit unauffälliger Geschwindigkeit in Richtung Ivendorf, auf der Ivendorfer Landstrasse.

Damit hatte der Täter einen Fehler gemacht.

Aus Richtung Lübeck waren vier Streifenwagen unterwegs, welche ihm den Fluchtweg versperren würden. Zwei Wagen sollten die B75 Zufahrt sperren und zwei übernahmen die Kücknitzer Fluchtmöglichkeit. Damit waren die Fluchtwege so gut wie blockiert. Die Einsatzzentrale forderte vorsichtshalber zusätzlich einen Notarztwagen an.

Weiter war ein Hubschrauber der Bundesmarine, was in der Regel ein nicht ganz einfaches Amtshilfegesuch, nach Artikel 35 Absatz 1 Grundgesetz, durch das Schleswig Holsteiner Innenministerium an das Bundesministerium der Verteidigung bedurfte, diesmal durch erfreulich kurze Dienstwege bereits in der Luft, mit einem SEK Kommando aus dem rund fünfundsechszig Kilometer entfernten Kiel.

Raub mit Geiselnahme war nur etwas für diese Spezialisten.

Die Amtshilfe der Bundesmarine erstreckt sich in solchen Fällen, nur im Aufnehmen und Absetzen von Lasten, in diesem Fall der SEK Einheit, im ausgemachten Bereitstellungsraum, mittels eines großen Sea-King Mk. 41. Darüber hinausgehende Amtshandlungen dürfen durch die Marine nicht durchgeführt werden. Da die Landespolizei Schleswig Holstein über keine eigenen Polizeihubschrauber verfügt, einigte man sich im April 2010 auf diesen Vorratsbeschluss. Dazu war von der Bundespolizei in Bad Bramstedt ein kleiner Heli des Typs EC 135 zur Luftkoordination angefordert. Dieser befand sich gerade auf dem Rückflug eines Einsatzes in Husum und musste zudem noch aufgetankt werden.

Das GPS Signal verharrte nun im Frankenkrogweg. In sechs Minuten sollte der erste Streifenwagen den Zielpunkt erreicht haben. Der mit zwei Motoren bestückte und bis zu zweihundertfünfzig Stundenkilometer schnelle graue Sikorsky Hubschrauber würde in sieben Minuten über dem Zielgebiet einschweben. Der EC 135 käme in zwölf Minuten dazu.

015

Wir verabredeten uns lose, vielleicht gegen neunzehn Uhr im Fischtempel, auf dem Ponton, um den vielleicht letzten Sonnenuntergang dieser Saison zu betrachten. Um diese Jahreszeit musste man jede Schönwetterlage genießen. Der Winter ist lang genug.

Nicht nur, dass dort sehr leckere Fischgerichte in lockeren Ambiente serviert werden, sondern man sitzt dort direkt im Fischereihafen. Eine tolle Atmosphäre mit guter Preisstruktur. Die Krönung ist der hundertfünfunddreißig Quadratmeter große Ponton. Das Fisch Hus vertagten wir auf den nächsten kühleren Abend.

Gut gesättigt betraten wir die ‚o.li'. Nachdem wir uns von Jacks Segelyacht freihielten, wendete ich unser Boot im Hafenbecken. Eigentlich ist es kein richtiges Hafenbecken. Eine Brücke versperrt die Weiterfahrt. Nur noch kleine Ruder- oder Schlauchboote können dieses Hindernis unterqueren.

„Dildo, verstaue bitte die Fender in der Backskiste. Claus, bereite die Segel soweit vor. Wir setzen die Segel noch vor dem Rundhafen" gab ich vor. Unterdessen tat der Volvo Motor schnurrend seinen Dienst und schob die ‚o.li' mit gemächlichen drei Knoten vorwärts. Steuerbordseitig lag das ZDF Indoorstudio „Küstenwache", der gleichnamigen Fernsehserie. Einen Augenblick später passierten wir ebenfalls steuerbordseitig, den Marinestützpunkt und folgten jetzt den Fahrwassertonnen, nachdem wir den Rundhafen hinter uns gelassen hatten. Zu diesem Zeitpunkt waren die Segel schon gesetzt. Der Motor lief unterstützend weiter, denn wir befanden uns noch in der Windabdeckung. Ab der grünen Tonne Drei sollte sich das ändern.

„An der grünen Tonne Drei setzen wir die Segel voll durch und ich stelle den Motor aus."

„Okay, ab Tonne Drei setze ich die Segel durch" wiederholte Claus und gab mir dadurch zu verstehen, dass er die Anweisung korrekt verstanden hatte. Dildo saß derweil schon wieder unter Deck und öffnete sich eine Flasche Brauhaus Bier. In der Kühlung standen wieder genug Flaschen. Ich hatte vorausschauend gleich einen großen Vorrat gebunkert.
„Wo lässt der das bloß alles ?" wunderte sich Claus.

Der Wind fasste nun vollends ins Segel und wir nahmen mit Vollzeug Kurs auf Brodten Ost. Die Sonne stand gefühlt über Timmendorf und die Reflexionen auf dem Wasser gaben einem das Gefühl, über einen riesigen Sternenteppich zu tanzen. Die ‚o.li' machte achteinhalb Knoten Fahrt und passte sich den kleinen Wellentälern perfekt an.

Entspannt saßen Claus und ich im Cockpit und genossen den

Ritt bei eingeschaltetem Autopilot. "Wir haben ja keine Eile. Ich habe vorerst unseren Kurs auf gemütliche einhundertzwanzig Grad eingestellt. Später können wir noch ein wenig korrigieren und den Rest segeln wir vor dem Wind."

„Ach ist das schön" seufzte Claus. Er streckte sich aus und beobachtete müßig den Horizont. Dildo schien unter Deck schon ein wenig eingeschlummert zu sein. Wir hörten ein monotones Schnarchen. Ich hockte gemütlich im Heck auf der erhöhten Backbordseite, jederzeit bereit, das Ruder wieder manuell zu übernehmen. So hatte ich auch einen guten Blick weit über den Bug hinaus. Kein weiteres Schiff befand sich in der Nähe, sodass meine Gedanken ein wenig abschweifen konnten.

Dieses Jahr war bis jetzt wieder einmal ein Turbulentes.

Erst die fantastische Skisaison im Frühjahr, wobei es kuriose Schneeverhältnisse hatte. Der Winter startete schon Ende Oktober furios - bis Weihnachten. Danach gab es eine Durststrecke von beinahe acht Wochen, in denen nur minimal Schnee rieselte. Hätte es nicht im Vorfeld so enorm viel geschneit, dann wäre Ski laufen unterhalb 2.500 Höhenmetern, kaum möglich gewesen. Ob das schon dem Klimawandel geschuldet war ?

Dann im März der Supergau in Japan. Seebeben - Tsunami – Fukushima. Jedes für sich ein Horrorszenario, aber alles Drei auf einmal ?! Dazu kamen die erschreckende Hilflosigkeit und Verharmlosungstaktiken der Verantwortlichen. Verantwortlich war sicher auch nicht der richtige Begriff, für die sich maßlos überschätzenden Manager, Wissenschaftler und Politiker. Ein Cocktail mit stark gesundheitsschädlichen oder gar tödlichen Folgen für zigtausende Menschen.

Die Weltwirtschaft schwächelte und trudelte nicht nur in diesem Jahr. Es gab neue Kriege und Bürgerkriege, Flüchtlingsströme und Hungersnöte. Global waren da eine Menge Lunten gezündet.

Regional und persönlich war da noch die Mordserie im Mai, rund um den „Passatmörder“. Allerdings hatte ich dabei eine ausnehmend umwerfende Frau kennen gelernt. Nicht nur, dass sie fantastisch aussah, sie passte vom Typ her haargenau in meine Traumvorstellung, und zu mir.

Dachte ich zumindest, allerdings hatte ich es noch nicht so konsequent weiter verfolgt, wie ich es mir gewünscht hätte. Ich wollte es in diesem Falle sehr behutsam angehen. Ich mochte nichts überstürzen.

Was würde Sie von mir erwarten ? War ich überhaupt zu einer monogamen Beziehung fähig ? Schließlich hatte ich die letzten vierundvierzig Jahre, ohne Probleme, als unabhängiger Single verbracht. Außerdem gab es da noch ein Kind. Nicht das mich ihr Kind nicht leiden konnte oder ich ein Problem mit dem Kind als solches hätte, aber ich wusste nicht, ob ich überhaupt in so eine Rolle hinein passte. Damit musste ich mich demnächst einmal intensiver befassen. Gleichwohl lagen noch einige andere Knacknüsse vor mir.

Es ging vorrangig um Spekulanten, die sich die „Tornadowiese“ am Leuchtenfeld unter den Nagel reißen wollten. Da waren mir Insiderinformationen zugetragen worden, welchen ich umgehend nachgehen wollte. Außerdem wollte ich zu ersten Überlegungen anregen, die Kurtaxe gänzlich abzuschaffen. Mir war klar, dass diese Wegelagerei nicht einmal direkt von Travemünde, sondern von Lübeck, verwaltet wurde. Sie war und ist immer wieder ein gewaltiges Ärgernis für alle Gäste des Kurbades. Nach Lübeck gehörte diese Einnahme schon gar nicht.

Mittelfristig kam meiner Meinung nach nur eine Abkoppelung von Lübeck in Betracht.

Auch wenn das in beinahe jeder Touristenkommune an der Tagesordnung war, fühlten sich die meisten Gäste durch diese Besteuerungsform regelrecht abgezockt. Hier wollte ich ansetzen. Die fehlenden direkten Einnahmen hieraus, sollten durch einen noch auszuhandelnden Rückfluss nach Lübeck, mehr als ausgeglichen werden.

Die Expertise, welche ich privat bereits im Juli in Auftrag gegeben hatte, ging von einem mindestens dreißigprozentigen Besucherzuwachs aus. Auch die Vermögenden wollen sich nicht ausgenommen fühlen. Alle Parteien würden davon profitieren. Die Gäste, (noch) die Stadt Lübeck, der Ortsteil Travemünde, die Geschäftsleute von Travemünde und nicht zuletzt die Mitarbeiter im Ort. Überall dort, wo der Besucherstrom ansteigt, wird auch zwangsläufig mehr umgesetzt.

Eine win-win Situation für alle, ohne zusätzliche Kos...

...ups, was treibt denn da voraus ?

Ich registrierte undeutlich einen größeren Gegenstand im bewegten Ostseewasser, etwa noch fünf Bootslängen entfernt. Mein Interesse war schlagartig geweckt. Sollte es ein Baumstumpf oder Ähnliches sein, dann konnte das Objekt für mein Boot sehr gefährlich werden. Bei über acht Knoten mit einem schweren Gegenstand zu kollidieren ist ein Albtraum für jeden Segler und eine Zerreißprobe für den Rumpf. Instinktiv korrigierte ich meinen Kurs ein wenig und behielt ein wachsames Auge auf die Stelle, wo ich das große Teil ausgemacht hatte.

Da war es wieder, das Ding und das Jucken der Narbe...

016

Auf der Ivendorfer Landstrasse kamen die beiden Streifenwagen aus Travemünde zügig voran. Es herrschte hier kaum Verkehr. Nur einige wenige Fußgänger, vereinzelte Fahrradausflügler und ein einsamer Reiter begegnete ihnen bei der Verfolgung des Geldtransporters.

An Freizeitvergnügungen verschwanden sie derzeit keine Gedanken, auch wenn sie schon mehr als sieben Stunden im Dienst waren. Hochkonzentriert lenkten sie den mit erheblicher Geschwindigkeit fahrenden Einsatzwagen über die unebene Strasse. Jetzt zahlte sich das spezielle Fahrer-training endlich einmal aus. Geleitet wurden sie von ihrer Einsatzzentrale, die wiederum mit der Zentrale von CPT in einer Dauerverbindung stand.

Das GPS Signal stand seit etwa fünf Minuten unbeweglich auf der Stelle.

Sie erreichten dann auch als erstes die Abzweigung Frankenkrogweg zum Campingplatz Ivendorf. Sofort nahmen sie den Geldtransporter wahr, der nur knapp dreißig Meter weiter mit geschlossenen Türen am Eingang des Campingplatzes stand. Beide Wagen wurden abrupt abge-stoppt. Mit der Waffe in der Hand verschanzten sich die vier Polizeibeamten hinter ihren Wagen und beobachteten vorerst die Lage.

Unschlüssig berieten sie, wie sie vorgehen sollten. In der Regel hatten sie es mit Autounfällen, Einbrüchen, Laden-diebstählen und ähnlichen Delikten zu tun. Mit Geiselnahme hatte keiner von ihnen Erfahrung. Die Geisel und natürlich sich selbst wollte niemand gefährden. Per Funk gaben sie ihre ersten Eindrücke an die Einsatzzentrale weiter.

Gerade bekamen sie zu ihrer Erleichterung die Anweisung übermittelt, dass ein Spezialeinsatzkommando die weitere Koordination vor Ort übernehmen werde, als sie auch schon den Lärm eines großen Marine Hubschraubers vernahmen. Dieser landete auf einem freien Feld unweit ihrer Position.

Auf der Nachbarkoppel gebärdeten sich zwei dunkelbraune Pferde wie wild und drohten aus dieser auszubrechen.

Aus dem Hubschrauber sprang eine schwer bewaffnete Gruppe von zehn Personen, bekleidet mit schwarzen

Sturmmasken, kugelsicheren Westen sowie Helmen. Schnell teilten sie sich in zwei Gruppen und nahmen den Geldtransporter mit schussbereiten Waffen in die Zange. Der Hubschrauber war schon wieder nach nur zehn Sekunden in der Luft und flog davon. Die Travemünder Polizisten staunten nicht schlecht.

Ein zweiter Hubschrauber, vom Typ EC 135, näherte sich jetzt und blieb in fünfzig Meter Höhe schwebend über dem Zielgebiet. Es war ein Hubschrauber der Bundespolizei aus Bad Bramstedt, der Beobachtungen aus der Luft vornahm.

Jetzt erreichte auch der Notarztwagen die Szenerie. Die Polizisten hatten jetzt Mühe, die ersten neugierigen Personen der umliegenden Häuser und Wohnwagen aus der Gefahrenzone zu halten.

Der SEK Leiter gab seinen Mitarbeitern über Funk die Anweisung nicht zu schießen. Dies hätte er so nicht extra sagen müssen, denn ohne seine ausdrückliche Zustimmung würde keiner seiner trainierten Beamten schießen. Seine Mitarbeiter waren ausgesuchte Polizisten, die ein extrem hartes Auswahlverfahren bestehen mussten.

Nur wenigen Bewerbern gelang es, sich hierfür zu qualifizieren. Die mehrmonatige Spezialausbildung führte jeden bis an seine körperliche und psychische Grenze. Der Lohn dieser stetigen Anstrengungen bestand in dem tragen der SEK Schwinge, einer Gefahrenzulage von einhundertfünfzig Euro im Monat und dem stolzen Bewusstsein ein SEK Mitglied zu sein.

„Es kann nur eine unbewegliche Zielperson ausgemacht werden, die offensichtlich schwer verletzt und verrenkt auf dem Beifahrersitz liegt. Eine zweite Person kann aus ihrer Bodenbeobachtungsposition nicht ausgemacht werden“ kam es klar aus dem Funkkopfhörer.

Der Beobachter aus dem schwebenden Hubschrauber meldete keine verdächtigen Bewegungen im weiteren Umfeld des Geldtransportes. Trotzdem befahl er vier von seinen Beamten auszuschwärmen und die nähere Umgebung zu sichern. Über ein kleines Megaphon versuchte der Leiter nun erst einmal einen Kontakt herzustellen.

„Hier spricht die Polizei – wir haben den Wagen umstellt. Kommen sie langsam und mit erhobenen Händen heraus !“

Keine Antwort und es war keine Bewegung im Geldtransporter auszumachen. „Befand sich der Entführer noch im Transporter ?“ fragte er sich. Er wiederholte die Aufforderung sofort noch einmal. Wieder nichts. Es wurde Zeit zum Handeln.

Sie mussten an den Verletzten Wachmann heran.

„Okay, die Eins und die Sieben nähern sich dem Wagen von vorne bis auf fünf Meter. Die Drei bringt einen Magnetsprengsatz-15 an die Hecktür an. Alle anderen bleiben bis zur Detonation auf ihrer Position.“

Blitzschnell wurden die knappen Anweisungen in routinierter Geräuschlosigkeit ausgeführt. Wäre das Motorengeräusch des relativ leisen Hubschrauberrotors nicht gewesen, könnte man sich mit geschlossenen Augen dazu verleiten lassen, eine, wenn auch sehr trügerische, idyllische Umgebung vorzustellen.

Eine kleine Detonation zerriss die gespannte Ruhe. Eine Sekunde später quoll Rauch aus dem Heck des Geldtransporters. Zu diesem Zeitpunkt erreichten die sechs in Lauerstellung wartenden SEK Beamten schon das Zielobjekt. „Der Wagen ist bis auf den verletzten Wachmann leer. Wir brauchen hier dringend den Notarzt“ hörte der Einsatzleiter.

„Wir brauchen dringend eine Hundertschaft, eine Hundestaffel sowie noch weitere Straßensperren“ teilte der SEK Einsatzleiter der Einsatzzentrale mit. „Offensichtlich ist der Entführer auf der Flucht. Wir durchkämmen erst einmal den Campingplatz und die angrenzenden Wohnhäuser. Der

Hubschrauber soll in konzentrischen Kreisen das Zielgebiet sondieren.“ Einfach wollte er es dem Geiselnehmer nicht machen. So viele Möglichkeiten hatte dieser hier nicht.

Unterdessen rang der Notarzt um das Leben des schwer verletzten Wachmannes. Die Platzwunde an der Schläfe war nicht das Problem. Der Kehlkopf war zerschmettert und die Luftzufuhr unterbrochen. Eine Intubation war hier nicht mehr möglich, da der Hals stark angeschwollen war. Nur ein schneller Luftröhrenschnitt, direkt an der Membrane konnte vielleicht noch die Rettung bringen.

Der Notarzt befürchtete zwar insgeheim, dass er sich umsonst bemühte, aber er versuchte alles Menschenmögliche. Er vermutete, dass der Verletzte schon zu lange ohne Sauerstoffzufuhr war. Nach dreißig Sekunden Atemstillstand sind schon erhebliche Hirnschäden zu erwarten und nach drei Minuten ist die theoretische Überlebenschance gleich Null. Ein schmales Zeitfenster. Trotzdem gab er noch nicht auf.

Ein dritter Hubschrauber war im Anflug. An der orangefarbenen Lackierung erkannte man sofort den Rettungshubschrauber.

Den Anwohnern des ansonsten beschaulichen Dorfes kam es so vor, als wenn sie mitten in die Dreharbeiten eines Bruce Willis Thrillers geraten waren. Der Marinehubschrauber, das schwer bewaffnete Sondereinsatzkommando, der Beobachtungshubschrauber, die zwei Polizeiwagen, der große Notarztwagen und nun der Rettungshubschrauber. Die Szene gestaltete sich für sie zunehmend surreal. Das kannten die Bewohner nur aus dem Fernsehen oder Kino. Dazu kam jetzt die angeforderte Hundertschaft.

Innerhalb keiner dreißig Minuten hatte sich ihre Siedlung, von einem Idyll in einen Kriegsschauplatz, gewandelt. Die kleine Pferdekoppel lag verwaist im Sonnenlicht. Die drei Pferde auf der Koppel waren wohl angesichts der Ereignisse in Panik davon gestoben. Auch sie mussten schnellstens gesucht und wieder eingefangen werden, damit sie keinen extra Schaden verursachten.

Nur zwei Dinge zeigten sich völlig unbeeindruckt. Zum einen der weiterhin wolkenlos blaue Himmel, sowie auch die noch andauernde warme Nordost Brise, in der sich die schon etwas gelichteten Baumwipfel hin und her wogen.

Mit einem Schulterzucken signalisierte der Notarzt dem Einsatzleiter, dass sein Einsatz nicht von Erfolg gekrönt war. Somit wurde aus schwerem Raub mit Geiselnahme ein Raubmord. Später wird das wichtig sein, wenn das Strafmaß angelegt wird.

017

Auf der Wachstation der Travemünder Wasserschutzpolizei erledigte Oberkommissarin Stina Wallison gleich nach der Rückkehr den notwendigen Papierkram. Wie alle ihre Kollegen hasste sie diese Form der Polizeiarbeit, aber ebenso war ihr die Notwendigkeit klar.

Der heutige Tag gehörte eher zu den Ruhigeren. Der kleine Rettungseinsatz in der letzten Stunde würde vom Ausgang her zur Kategorie Anekdote avancieren. Der Skipper würde aufgrund der abgenommenen Blutprobe mit vier oder fünf Punkten in Flensburg und einer geringen Geldstrafe belastet werden. So günstig käme der Kapitän der ‚Helene Hartz' sicher nicht weg.

Akribisch verfasste sie ihren Bericht. „Hat sich der Kapitän Matulionis schon bei uns gemeldet ?" fragte sie den Wachdienstleiter. Leichte Müdigkeit macht sich in ihr breit. Seit fünf Uhr war Wallison schon auf den Beinen und eine knappe Stunde Dienstzeit verblieb noch.

„Jau, der war schon vor zwei Stunden im Haus. Hatte alle angeforderten Papiere dabei. Die Reederei und Versicherung haben die erforderliche Kaution bereit gestellt. Der wird wie geplant heute Nacht auslaufen können“ bekam sie zur Antwort.

„Erstaunlich, wie schnell das manchmal funktionieren kann. Was soll's, dann haben wir ein Problem weniger am Haken. Nur irgendwie suspekt war mir der Typ schon.“

„Ein Redakteur der ‚Travemünder Aktuell' hat vor zehn Minuten angerufen und nach Neuigkeiten gefragt. Ich habe seinen Namen leider nicht notiert, da ging es im Äther gerade hoch her, wegen der Geiselnahme in der Vorderreihe. Er meldet sich später noch einmal.“

„Das war sicher Karl Vögele oder Helge Norman. Die beiden radelnden Reporter wirst du sicher auch noch kennen lernen. Die gehören quasi zum Stadtbild. Ich kann mir vorstellen, dass der Seenotfall und die ‚Helene Hartz' auf ihr Interesse stoßen. Haben die Kollegen die Lage in Ivendorf unter Kontrolle ?“ wechselte Wallison das Thema.

„Der Täter ist immer noch auf der Flucht, aber neben dem SEK und Kollegen aus Travemünde, ist jetzt auch eine Hundertschaft eingesetzt. Der wird da draußen nicht weit kommen“ hörte sie ihren zuversichtlichen Kollegen antworten.

„Hoffentlich hat er recht“ ging es ihr durch den Kopf. Mörder entkommt.., keine gute Schlagzeile für die gesamte Polizei und auch nicht für diese Region. Obwohl, die Frühjahrsmorde rund um die Passat, hatten die Buchungszahlen kurzfristig in die Höhe schnellen lassen. Schon pervers, wie das Leben so spielen kann.

Ihr selbst hatte dieser Fall auch einen Streich gespielt. Einer der Hauptverdächtigen, dessen Unschuld während der Ermittlungen mehr als zweifelsfrei bewiesen wurde, hatte ihre Gefühle in nie gekannter Weise Achterbahn fahren lassen. Bis dahin trennte sie Berufliches und Privates strikt.

Sie lächelte und ihr wurde ganz warm in der Bauchgegend, als sie an Jörg Illmer dachte.

Er war der einzige Mann, der sie aus dem Konzept bringen konnte. Manchmal reichte da schon ein kleines Lächeln. Ja, sie hatte sich unleugbar in ihn verliebt. Ebenso wie ihre kecke siebenjährige Tochter Mareike.

Obschon Jörg bzw. York, wie ihn seine Freunde nannten, ihr gegenüber offen entgegen trat, war sie immer noch ein wenig misstrauisch. Das lag nicht an York.

Nach dem Unfalltod ihres Lebenspartners Steven, zog sie sich gesellschaftlich zurück und konzentrierte sich auf ihre Tochter und ihre Karriere. Ein erfolgreicher und ebenso galanter Anwalt hatte ihr beharrlich den Hof gemacht und beinahe hätte sie dem nachgegeben – entgegen dem Widerstand ihrer Tochter. Im Zuge der Passatmörder Ermittlungen, stellte sich heraus, dass dieser auf der falschen Seite des Gesetzes stand.

Diesmal wollte sie es nicht überstürzen. York hatte in diesem Punkt auch noch nicht klar Stellung bezogen. Da gab es noch Gesprächsbedarf. Vielleicht…

„…gelyacht ‚off limits' auf Position 54°00N und 10°54E, nahe dem Steinriff, ruft die WaschPo Travemünde“ hörte Wallison die Stimme von York aus dem Funkgerät des Wachraumes. Sofort war sie wieder hellwach. „Hier treibt ein grausiger Fund im Wasser. Den sollten sie sich einmal unbedingt ansehen. Wir halten die Position. Over.“

018

Das Adrenalin ließ ihn immer noch hochkonzentriert und wachsam vorgehen. Schnell wechselte er seine Wendejacke, von der leuchtend roten, auf die unauffällige blaue Seite. Mit zwei Sätzen hatte Matulionis den Sperrzaun des Geländes vom Skandinavienkai überwunden. An dieser Stelle konnte ihn keiner beobachten, und ab jetzt konnte er sich vollkommen unauffällig auf dem Gelände bewegen.

Immerhin lag sein Schiff hier am Kai.

Er schwitzte normalerweise nicht so schnell, aber nach dieser Nummer fühlte er sich so, als wenn er einen langen Saunagang mit Klamotten hinter sich gebracht hatte. Deshalb scheuerte auch sein Pullover unter den Achseln. Er musste unbedingt eine schnelle Dusche nehmen und seine Sachen wechseln.

Was für eine Aktion, ging es ihm durch den Kopf und es schauderte ihm angenehm über seinen spontanen Handstreich. Ganz schön Dusel hatte er gehabt. Nein, nur wer wagt gewinnt.

Sein Impuls hatte ihn sofort Handeln lassen. Danach improvisierte er ständig. Darin war er schließlich geübt.

Er verschloss seine Kajütentür sofort hinter sich und zählte gespannt seine Beute. Leider konnte er nicht alles mitnehmen, da er spürte, dass ihm nicht viel Zeit blieb. So stopfte er nur wenige Scheine in seine Hosentaschen und schwang sich auf eines der drei Pferde, die er kurz zuvor entdeckt hatte. Den Wachmann ließ er im Auto liegend zurück. Der gab sowieso keinen Mucks von sich und interessierte ihn auch nicht weiter. Auf dem Pferd trug er seine Wendejacke mit der leuchtend roten Seite nach außen. Die beige Kappe aus der Jackentasche setzte er auf den Kopf und verbarg so seine Haare. Im gemächlichen Schritt ritt er dann die Strasse wieder zurück, auf der er gekommen war.

Er musste jetzt auf Außenstehende wie ein ganz gewöhnlicher Freizeitreiter gewirkt haben.

Seine Instinkte funktionierten einwandfrei, denn nach nur wenigen Minuten jagten zwei Polizeiwagen mit Blaulicht und Sirene an ihm vorbei.

In dem Moment beugte er sich mit leicht abgewandtem Gesicht nach vorne und tätschelte den Hals des Pferdes. Wie er sich es vorgestellt hatte, konzentrierten sich die Bullen auf das Fluchtfahrzeug, was sicher mit einem GPS Sender bestückt war, und achteten nicht weiter auf harmlose Passanten oder schon gar nicht auf einen gemächlich trottenden Reiter in signalfarbener Kleidung. Unzweifelhaft, seine in frühester Jugend gewonnene Erfahrung mit Pferden machte sich bezahlt.

Matulionis Laune wurde nur geringfügig getrübt, als er feststellte, dass der Coup ihm nur elfhundertfünfundachtzig Euro, in überwiegend kleinen Scheinen, eingebracht hatte. Obwohl, dachte er und überschlug schnell die Zeit, für fünfzig Minuten Arbeit, inklusive zählen, gar kein schlechter Stundenlohn.

Jetzt noch schnell duschen, denn schon bald musste er die Ware verladen. Hierbei musste das timing unbedingt eingehalten werden. Nun denn, die Polizei war ordentlich beschäftigt, feixte der Kapitän zufrieden in sich hinein. Er spürte, heute war einer seiner Big Days.

019

Fassungslos starrte Claus in die leblosen Augen der im Wasser treibenden Leiche. Selbst Dildo hatte es die Sprache verschlagen. Ganz eindeutig handelte es sich um den nackten

Leichnam einer jungen Frau. Inzwischen hatten wir die Segel geborgen und ich hielt, unter niedriger Motordrehzahl, die Position in unmittelbarer Nähe des toten Körpers.

„Was für ein Schicksal steckte dahinter ? War die offensichtlich junge Frau Opfer eines natürlichen Todes, eine Suizidentin oder handelte es sich gar um Mord ? Wie war ihr Name, hatte sie eine Familie, wer kannte sie ?“ Diverse Fragen beschäftigten mich.

Ähnliche Fragen stellte sich Oberkommissarin Wallison, die sich mit ihren Kollegen wieder auf der ‚Greif‘ befand, auf dem Weg zu der durch gefunkten Position. Ein erster Computercheck ergab, dass akut niemand als vermisst gemeldet war. Weder an Land noch auf See.

Schon bald konnten sie den geschwungenen Schriftzug ‚off.limits’ an der Bugbordwand deutlich ausmachen. „Das Schiff aufstoppen und das Kontrollboot fertig machen zum Absetzen. Hans und ich werden uns das ansehen“ sagte Wallison.

„Hallo York“ erklang es in sachlicher Tonlage und Stina Wallison ärgerte sich darüber. Im Dienst klang sie immer kontrolliert und unangreifbar, aber ihr gegenüber stand nun York, der Mann, in den sie verliebt war. Der sie unbegreiflicherweise wie ein Magnet anzog. „Wo ist der Leichnam ?“

„Hallo Stina“ erwiderte ich liebenswürdig und bewunderte ein weiteres Mal ihre Anmut. Selbst in ihrem kühlen Tonfall und ihrer schlichten Uniform versprühte sie eine Glut, wie ein Vulkan, die ihn jedes Mal innerlich zum Leuchten brachte. „Schön Dich zu sehen, auch wenn der Anlass weniger angenehm ist. Hallo Hans, schippere doch bitte einmal auf die andere Seite, dann seht ihr was wir ausgemacht haben.“

Unwillig schaute Hans mich an. Nachdem Stina ihm unmerklich zunickte, tat er wie geheißen. Bei ihm wurde ich den Eindruck nie los, dass er heimlich in Stina verliebt war.

Nachdenklich schaute Wallison auf die Tote. „Da hilft nichts. Hans, wir werden den Körper mit dem Bergetuch an Bord nehmen müssen und dann so schnell als möglich in die Pathologie überstellen. York, ich brauche von Dir noch einige Angaben für meinen Bericht. Bitte schaue doch bis neunzehn Uhr in der Dienststelle vorbei."

„Ja gerne, vielleicht können wir danach noch auf einen Wein einkehren ?" schlug ich vor.

„Ähem, wohl eher nicht. Ich habe noch eine Menge zu tun" antwortete Stina Wallison ausweichend und schallte sich gleich eine Idiotin. Sie benahm sich wie ein pubertäres Mädchen, aber vor Kollegen mochte sie ihre Privatsphäre nicht darlegen. Nur so wurde das nichts mit York.

Vielleicht ergab sich später in der Dienststelle noch eine passende Gelegenheit.

Nachdem sie die Tote an Bord gehievt hatten, verabschiedete sich Wallison etwas hölzern und wir setzten noch einmal die Segel, um dem Schaukeln auf dem unruhigen Wasser mit stabiler Lage zu begegnen. Die Leichtigkeit des Tages war angesichts der Leiche dahin geschmolzen.

Claus und ich hingen still unseren Gedanken nach. Dildo befreite sich am schnellsten aus der Beklemmung.

„Liegen ein weißer Proll und ein Farbiger am Pool. Der Proll setzt sich auf den Rand und hält sein Gemächt ins Wasser. Er grient den Farbigen hochmütig an. 20,7° Celsius stichelt er. Da steht der Farbige auf und stellt sich an den Rand. Er hält ebenfalls sein Gemächt ins Wasser. Einen Meter dreißig tief."

Keiner von uns beiden reagierte. „Hey Jungs. Einen Meter dreißig tief ! Das ist doch der Hammer" witzelte Dildo und blickte uns verständnislos an. „Hey, es gab nichts mehr zu retten. Wir haben nichts mit dieser Sache zu tun. Wir kennen die Person nicht einmal. Wir waren zufällig zum richtigen Zeitpunkt am falschen Ort. Die WaschPo arbeitet das jetzt routinemäßig ab. Da können wir doch jetzt nicht Trübsal blasen und unser Leben geißeln."

„Du liegst ja gar nicht so falsch" antwortete ich. „Verdauen müssen wir das aber schon. Am Steg brauche ich erst einmal einen Willy. Mich macht so etwas immer traurig. Lasst uns zu sehen, dass wir die ‚o.li' rasch im Passathafen vertäuen. Ich muss auch noch zu Stina auf das Revier, um ihre Fragen zu beantworten. Ich treffe Euch dann später im Fischtempel."

„Was die wohl für Fragen an Dich hat" versuchte Dildo mich aufzuziehen.

„Ich werde es Dich natürlich als erstes wissen lassen, mein Lieber" konterte ich mit einem leichten Lächeln.

020

Mittlerweile bewegten sich die ersten Journalisten in dem ansonsten so ruhigen Dorf. Die meisten hörten routinemäßig den Polizeifunk ab. Es war deshalb nicht neu, dass die Einsatzorte der Polizei schnell Besuch von technisch sehr gut ausgerüsteten Mediateams bekamen, sodass der Hunger der Medien auf neue Sensationen bedient werden konnte.

Das Funkgerät aus einem der Polizeiwagen übertrug die Mitteilung der Einsatzzentrale deutlich, sodass alle umstehenden Personen die Mitteilung hören konnten. „Die Suche wird ergebnislos abgebrochen. Die Hundertschaft, das SEK und die Straßensperren haben nicht den gewünschten Erfolg gebracht. Es ist zu bezweifeln, dass der Täter sich noch in dem Zielgebiet aufhält. Alle Einsatzkräfte melden sich bitte unverzüglich bei ihrem zuständigen Leiter. Vielen Dank für ihre Einsatzbereitschaft."

Der Leiter des SEK sowie der Leiter der Hundertschaft

wiederholten gegenüber ihren Einsatzkräften noch einmal den Abbruch der Aktion. Sie standen gemeinsam, mit ein paar Kommissaren aus Lübeck, an der provisorischen Einsatzzentrale vor Ort. Für die meisten Medienvertreter war dies das Zeichen zum Aufbruch. Schließlich wollten sie ihr Material möglichst noch in den Abendnachrichten unterbringen.

So verpassten die meisten eine kauzige Geschichte am Rande.

„Es ist doch unwahrscheinlich. Der kann sich doch nicht einfach so in Luft aufgelöst haben“ äußerte sich Polizeihauptkommissar Diego-Götz Fanfarone ärgerlich, mit kaum gedämpfter Stimme, gegenüber seinem Kollegen Detlef Schlumpberger. Beide standen unmittelbar hinter den beiden Einsatzleitern.

Der designierte Nachfolger, des erst im Mai erschossenen Vorgängers Erich Schmacht, im MD.1 in Lübeck, war nicht sonderlich beliebt. Man munkelte, dass der aus Hamburg gewechselte Fanfarone, lediglich durch Protektion, an den Posten gekommen war. Dazu sah er sich noch lange nicht am Ende seiner Karriereleiter und ließ dies auch gerne seine Mitarbeiter spüren. Duzen kam für ihn grundsätzlich nicht in Frage. Sogar bei seinen langjährigen Weggefährten, pochte er auf förmlichen Umgang. Er pflegte daher auch privat keinerlei Kontakte zu seinen Kollegen und setzte sich ebenso mit seinem extravaganten Äußeren, von der üblichen legeren Kleidung ab. Egal wie warm es war, Fanfarone trug immer eine schwarze Hose, ein strahlend weißes Hemd mit Fliege, Weste und Jacket. Zudem eilte ihm der Ruf eines Frauenfeindes voraus. Mit seiner sozialen Kompetenz war es demnach nicht so weit her.

Über sein Privatleben war indes nichts weiter bekannt.

Schlumpberger brummelte nur unverständlich. Hier draußen in Ivendorf war seiner Meinung nach allerhand möglich. Das durfte er im Augenblick jedoch nicht verlauten lassen.

Manchmal ertappte er sich dabei, seinen alten Vorgesetzten Schmacht wieder zurück zu wünschen. Das ging natürlich schon aus rein rationaler Sicht nicht. Der Verstorbene war zwar auch schwierig gewesen, jedoch nicht so unnahbar und aalglatt. Die Wallison war in jeder Hinsicht nach seinem Geschmack gewesen. Gleichwohl war sie nur temporär von der Travemünder WaschPo abgestellt worden. Innerlich stöhnte Schlumpberger auf. Bald ein viertel Jahrhundert Dienst musste er noch schieben.

Der Hundeführer des Fährtenspürhundes Rico erstattete PHK Fanfarone Bericht. „Es ist keine verwertbare Fährte aus zu machen. Die Bedingungen sind nicht dienlich. Im Geldtransporter haben wir natürlich eine passende Ausgangslage gefunden. Nur an dem trockenen Boden haftet der Geruch so gut wie gar nicht. Weiter erschwerend ist dazu der ungünstige Windeinfluss. Zum Einem verweht die ohnehin schwache Fährte, sodass die Moleküle sich stark verteilen und zum Anderen trocknen die Schleimhäute des Hundes aus. Tut mir Leid“ entschuldigte sich Ricos Halter.

„Hier muss doch geschlampt worden sein“ kam es Fanfarone, wohl etwas lauter als beabsichtigt, über die Lippen – oder war es Kalkül ?

Der Leiter der SEK Einheit drehte sich konsterniert um und fixierte Fanfarone. Diesen Fatzke kannte er nicht. Mit seinen einhundertvierundneunzig Zentimeter Körperlänge, überragte er den PHK nahezu um fünfundzwanzig Zentimeter. „Ich glaube Siiie“ dabei zog er bewusst das ‚Sie’ in die Länge und ging noch einen Schritt näher auf Fanfarone zu „können sich gar kein Urteil über die heutige Feldoperation erlauben.“

PHK Fanfarone trat jetzt ebenfalls einen Schritt näher, sodass beide nur noch durch eine Schuhlänge getrennt waren. Es sah grotesk aus. „Wenn durch dieses engmaschige Netz auch nur eine Maus entkommen kann, dann handelt es sich schlicht um Nachlässigkeit“ erwiderte Fanfarone blasiert.

„So etwas kann auch nur ein ausgemachter Sesselfurzer

vorbringen“ knurrte der SEK Leiter finster „sie sollten hier lieber einmal die Fliege machen“ und tippte mit dem Zeigefinger zwei-, dreimal an die grau karierte Fliege des PHK. Fanfarone bekam einen hochroten Kopf. Ehe er etwas erwidern konnte, drehte sich der SEK Leiter um und ließ Fanfarone wie ein bockiges Kind zurück.

Detlef Schlumpberger lachte leise in sich hinein. Bravo. Endlich bekam der Snob einmal eine volle Breitseite.

Das stete Klicken mehrerer Bildserien einer Spiegelreflexkamera vernahm er erst jetzt.

„Das wird ein Nachspiel haben“ platzte es lauthals aus dem völlig blamierten Fanfarone heraus „ich werde dafür sorgen, dass sie Streifendienst schieben“ schob er in verletzter Eitelkeit hinterher, obwohl ihm klar sein musste, dass er das sicher nicht zu entscheiden hatte.

Allerdings wusste keiner um seine ausgezeichneten politischen Beziehungen.

Wozu war er schließlich der Taufpate des einzigen Kindes, eines der zwei Staatsräte der Innenbehörde, in der aktuellen Umwelthauptstadt Europas ? Sein Motiv entsprang nicht aus lauter Barmherzigkeit. Den tätigen Fotoreporter registrierte er nicht. „Schlumpberger wir fahren“ raunzte er seinen Mitarbeiter an.

021

Mit angepasster Geschwindigkeit rollte der weiße VW Transporter auf der Travemünder Landstrasse. Innerlich angespannt, setzte Matulionis den Blinker und bog, nachdem er vier Wagen passieren ließ, links in den Teutendorfer Weg. Es war nicht weit bis zu der Scheune, wo er die Lieferung deponieren sollte.

Obwohl er im Polizeifunk gehört hatte, dass die Suche nach dem Geldtransporträuber eingestellt worden war, machte er sich doch ein wenig Sorgen. Vielleicht gab es doch noch die eine oder andere Autokontrolle. Schließlich war der Wachmann, laut den Nachrichten, an seinen schweren Verletzungen verstorben. Emotional focht ihn das nicht an. Nur die Ware in seinem Transporter war nicht für die Augen fremder Personen bestimmt.

Für die Polizei erst gar nicht.

Nach der Überquerung der Bundesstrasse 75 bog er rechts in seine Zielstrasse ein. Nur zwei Wagen kamen ihm im kleinen Ortskern entgegen. An den unauffälligen Transporter in der Dämmerung würde sich keiner erinnern. So einen Wagen gab es zu Tausenden. Einige hundert Meter weiter stand auf der linken Seite die Scheune.

Die letzte Minute konzentrierte er sich besonders darauf, ob irgendwelche Bewegungen auszumachen waren. Bevor er auf das Gelände der Scheune einbog, scannte er nochmals die gesamte Umgebung. Alles ruhig.

Rasch öffnete er das Scheunentor und fuhr den nun unbeleuchteten Transporter hinein. Sofort verriegelte er es von innen. Gleichzeitig fiel die Anspannung von ihm ab. Zwanzig Uhr zwanzig. Eine Punktlandung. Die erste große Hürde war wieder einmal geschafft.

Mit seiner kleinen Taschenlampe begab er sich schnell zum Drehschalter für die Funzel am Deckenbalken. Er brauchte für seine Arbeit nicht viel Licht. Als Nächstes schaute er sofort unter der rostigen Motorhaube im Abstellraum nach und wäre beinahe zuvor über den gut verschnürten schwarzen Plastiksack gefallen. „Zumindest schon verpackt“ fluchte er. Wie vereinbart fand er dort einen Briefumschlag mit dem Geld der bestellten Ware und zusätzlich den Umschlag mit seinem Bonus drin.

Heute war Zahltag.

Flink und routiniert entlud Matulionis seine heiße Ware und achtete darauf, dass jetzt keine Schäden mehr entstanden. Achtmal entlud er behutsam die für diese Ware recht kleinen, cirka sechzig Kilogramm schweren, Holzkisten aus dem Transporter. Dank seiner kräftigen Konstitution bereitete es ihm nicht all zu viele Schwierigkeiten. Lästig war nur das weiche Holz. Jeder seiner drei Pullover war im Laufe der Zeit mit kleinen Splittern gespickt, die ihn an den unmöglichsten Stellen pieksten. Er nahm sich vor, in der nächsten Woche wenigstens zwei neue Pullover zu kaufen.

Sieben Kisten ließ er achtlos im Schuppen zurück. In der achten Holzkiste verstaute er empfindungslos das mühselig angepasste Bonuspaket und bedeckte die Kiste auf der Ladefläche mit einer Decke. Immerhin waren schon dreißig Minuten vergangen.

Er überprüfte schnell noch einmal seine Lieferung und linste danach, aus dem verhängten Fenster der Scheune, in die Dunkelheit hinaus. Wie erhofft, befand sich niemand in der Umgebung.

Mit dem Transporter fuhr er nun die Strasse weiter durch, um den Weg nicht zweimal zu benutzen. Am Ende bog Matulionis auf die B 76, welche direkten Anschluss an die B 75 zurück nach Travemünde hatte. Die Transportkiste auf seinem Schiff zu verladen war nur noch eine Kleinigkeit.

Dem Auslaufen stand nichts mehr im Wege.

022

Zurück in Lübeck, im MD.1, schäumte PHK Diego-Götz Fanfarone noch immer. Er ordnete eine Lagebesprechung der gesamten Abteilung in einer viertel Stunde an. Danach verzog er sich in sein Büro und führte ein eindringliches Telefonat mit seinem Hamburger Gesprächspartner.

Nach Beendigung der Unterredung lehnte er sich zufrieden zurück und musterte sein modern und hochwertig eingerichtetes Büro. Die meisten Gegenstände hatte er selber bezahlt, da die Stadt Lübeck hierfür kein Geld hatte. Die bereitgestellten und stark abgenutzten Möbel, hatte er gleich bei seinem Amtsantritt rausgeworfen. Für ihn kam nur ein einigermaßen repräsentatives Büro in Frage. Wenn es schon so klein war, dann sollte es wenigstens durch die Einrichtung beeindrucken.

Fanfarone sah diese Stelle ehedem nur als Übergangslösung an. Er sah sich in nicht all zu ferner Zukunft auf ganz anderen Positionen und dann…

Er blickte kurz auf die Uhr. Es wurde Zeit.

„Wie sie sicher alle schon mitbekommen haben, ist der Wachmann des Geldtransporters verstorben, sodass wir es nun mit Raubmord zu tun haben. Ich möchte hier noch einmal in Erinnerung rufen, dass ich bisher jeden Mordfall aufgeklärt habe. Jeder heißt, eine Aufklärungsquote von einhundert Prozent. So soll das auch bleiben ! Ich erwarte deshalb von jedem Mitarbeiter vollen Einsatz. Urlaub ist bis auf weiteres gestrichen. Dienst nach Gewerkschaftsvorstellungen werde ich in meiner Abteilung nicht akzeptieren.

Ich hoffe, ich habe mich in diesem Punkt klar genug ausgedrückt !“

„Klar“ dachte Schlumpberger. „Die unlösbaren Fälle hast Du ja auch rechtzeitig abgegeben.“

„Nun, was haben sie, Herr Schlumpberger ?“

Kommissar Detlef Schlumpberger räusperte sich.

„Wir können ganz sicher von einem Einzeltäter ausgehen. Erste Zeugenaussagen und die Spuren im Geldtransporter deuten unzweifelhaft darauf hin.“ Auf einem Overheadprojektor zeichnete er auf einem Google Earth Kartenausschnitt, welcher von Travemünde bis Kücknitz reichte. „Hier ist die Volksbank, vor welcher der Geldtransporter entwendet wurde. Nach dem bisherigen Stand unserer Erkenntnisse, muss der im Wagen sitzende Wachmann geraucht haben. Wie sein Kollege bestätigte, ließ er dabei immer die Wagentür nur angelehnt, sodass der Rauch aus dem Wagen abziehen konnte und die Arbeitsplatzvorschriften eingehalten wurden.“
„Rauchen gefährdet ihre Gesundheit und kann tödlich sein“ schoss Schlumpberger durch den Kopf.

„Der zweite Wachmann ist übrigens Nichtraucher. Damit einhergehend hieß das jedoch auch, dass eine andere Vorschrift, nämlich den Wagen ständig verschlossen zu halten, grob missachtet wurde. Der zweite Wachmann lieferte nur drei leere Geldbomben und dringend benötigtes Rollengeld im Wert von etwa nur fünfhundert Euro in der Bank ab. Dies dauert in der Regel nicht länger als fünf Minuten und wird meist auch nur von einer Person durchgeführt.“ Kommissar Schlumpberger nippte kurz an seinem Kaffee.

„Der Täter muss den Raub spontan ausgeführt haben, denn die Anlieferung geschah außerhalb der wöchentlichen Routine. Bisher haben sich noch keine Zeugen gemeldet, die den Täter beschreiben können. Bis auf das er graue oder blaue Kleidung trug und männlich ist, wissen wir noch nichts über ihn. Die Flucht nach Ivendorf war insofern unspektakulär, da er sich wohl an das Tempolimit hielt und somit niemanden weiter aufgefallen ist. Die Spur verliert sich ab der Fundstelle des Geldtransporters, also hier.“ Schlumpberger kreiste die Stelle ein.

„Wie er von dort verschwinden konnte ist noch unklar. Bisher sind uns keine Auto-, Fahrrad oder sonstige Diebstähle bzw. vermisste Personen, in Bezug auf weitere Entführungen gemeldet worden. Lediglich der Marinehubschrauber hat drei Pferde auf einer benachbarten Koppel so in Panik versetzt, dass diese durchgingen. Wir…“

„…ich sagte ja, das SEK hat alles durcheinander gebracht“ knurrte PHK Fanfarone, so bissig wie eine Stute.

„Ähem..“ Detlef Schlumpberger war sichtlich genervt, als der PHK schon wieder auf dem SEK herumtrampelte.

„Zwei von den Tieren sind etwa einhundert Meter weiter in Richtung Kücknitz, Höhe Clindhorn, Ecke Ivendorfer Landstrasse eingefangen worden. Das dritte Pferd hat sich etwa siebenhundert Meter in die entgegen gesetzte Richtung geflüchtet. Es irrte Höhe der Ostseestrasse herum. Zum Glück ist niemand weiter zu Schaden gekommen. Die Spurensicherung nimmt sich gerade den Wagen vor und der Tote ist in der Pathologie. Die Höhe der Beute beträgt laut der Firma CPT aus Kiel, eintausendeinhundertfünfundachtzig Euro, in nicht registrierten kleinen Scheinen. Sechs Geldbomben und drei Münzsäcke, mit insgesamt hundertzwanzigtausend Euro, hat der Täter nicht mitgenommen, obwohl diese sichtbar in dem Wagen lagen“ beendete er seinen Vortrag.

Ehe jemand etwas sagen konnte, fiel Schlumpberger noch etwas ein. „Ach ja, als vorläufig letzter Punkt. Die tödliche Verletzung wurde wahrscheinlich durch einen gezielten Schlag verursacht, aber Näheres dazu wird gerade untersucht.“

„Ja danke“ übernahm sein Chef das Gespräch. „Gleich morgen früh müssen wir Zeugen auftreiben. Ein Team führt Befragungen rund um die Bank aus und ein Team arbeitet den Fluchtweg bis nach Ivendorf ab. Es kann doch nicht angehen, dass niemand etwas gesehen haben will. Wir sollten in den regionalen Medien um Zeugenaussagen bitten. Der Umstand, dass der Täter so eiskalt und überlegt gehandelt hat, lässt auf einen sehr erfahrenen Mann schließen. Ein unbedarfter Täter könnte nicht so strukturiert vorgehen. Der Zag soll unseren Computer in dieser Richtung durchforsten. Ich werde mich um die Medien kümmern. Irgendwelche Fragen ?" schloss Fanfarone die Besprechung, eher mit einer rhetorischen Frage, als dass er eine Antwort erwartete.

Irgendwie übersahen sie alle etwas nahe liegendes, grübelte Detlef Schlumpberger.

023

Nachdem ich kurz auf dem WaschPo Revier bei Stina Wallison meine Aussage gemacht hatte, radelte ich mit meinem Fahrrad zum Fischtempel in den alten Fischereihafen. Dort wollte ich die Jungs treffen.

Um dreiundzwanzig Uhr war ich seit Längerem einmal wieder mit Stina, bei Seipel im Strandkorb, verabredet. Stina besaß dieses Jahr zum ersten Mal einen Saisonkorb. Sogar einen Familienstrandkorb. Der war etwas breiter als ein normaler Zweisitzer und kostete sie dreihundertdreißig Euro in der Saison. Wann immer sie Zeit fand, versuchte sie, sich hier zu entspannen und die Urlaubsatmosphäre in sich auf zu nehmen. Sie wohnte eigentlich sehr schön, nahe der Trave, neben dem Alten Leuchtturm, aber mit dem knirschenden Sand unter den Füssen, fühlte sie sich viel intensiver mit der Natur verbunden. Ihre Tochter Mareike liebte es auch, sich ständig am Strand aufzuhalten. Ich nannte sie nur Nonome, da sie mir anfangs ihren Namen nicht verriet.

Viel gemeinsame Zeit hatte Stina nicht in Aussicht gestellt. Sie hatte morgen Frühdienst. Immerhin, die Temperaturen am Abend sollten nicht unter achtzehn Grad sinken und eine Decke lag immer in der Sitzablage.

„Hi York, das ist aber ein geiles Fahrrad“ empfing mich Pia freundlich am Fischtempel. „Wo hast du das denn her ?“

„Aloha Pia, hallo Burghard“ begrüßte ich auch ihren Vater. „Das nennt sich Retrostyle und ist hauptsächlich zum cruisen gedacht. Das habe ich in der Kurgartenstrasse bei Beitsch gefunden. Es gestaltete sich nicht ganz einfach, ihnen das Rad abzuschnacken. Obgleich er Fahrradhändler ist, mochte er es nicht gerne hergeben. Für ihn war es ein Eyecatcher für sein Geschäft. Jetzt steht dort ein Hochrad. Sind die Jungs schon da ?“

„Du, die sitzen schon auf dem Ponton und die komplette Bestellung habe ich gerade aufgenommen. Wie immer sechs Riesenscampi und ‚ne kühle Erdbeerbowle für Dich ?“

„Hört sich gut an.“ Mit wenigen Schritten war ich auf dem stabilen Schwimmfloß. Die Plattform war so berechnet, dass sie ein zweistöckiges Wohnhaus, mit einer Grundfläche von fünfzehn mal neun Metern sicher tragen könnte. Auf dem maritimen Plätzchen saßen schon alle in geselliger Runde, gewissermaßen wie auf einem Yachtdeck und erhaschten die letzten orangefarbenen Sonnenstrahlen. Claus, Dildo, Henk, Hippo, Eric, Gib und Litze mit einer neuen Flamme, namens Petra. „Ahoi ihr alle zusammen. ‚tschuldigung, aber schneller ging es nicht.“

„Der hat bestimmt die Oberkommissarin flach gelegt“ witzelte Dildo.

„Ja ja, so kennen wir ihn“ erklang es fast synchron von Hippo und Litze.

Gib sog versonnen an seiner Pfeife und zitierte auf seine trockene Art Alexander Calder:
„Wenn ein Frauenkörper spricht, haben wir Männer nicht genug Augen, um zuzuhören.“

„Nicht das Du noch wie ein Käse.., ..-also eine Verschmelzung stattfindet“ setzte Hippo neckisch nach.

„York, bitte. Bitte halte es so wie ich“ flehte Dildo mit gespielter Bestürzung. „Preise die Ehefrau, aber bleibe ledig.“

„Genau !“ haute Litze jetzt in die gleiche Kerbe. „Ich halte es lieber mit George Best:
Ich gebe viel Geld für Alkohol, schnelle Autos und Frauen aus. Den Rest werde ich einfach verprassen.“

Gequält lachte seine hübsche Begleitung auf. Sie sah so aus, als wenn sie sich Hoffnung auf eine dauerhafte Beziehung mit Litze machte. Da kannte sie ihn wohl noch nicht lange. Länger als zwei Wochen hatte ich ihn noch nie mit der gleichen Frau erlebt. „Wie kann ich mich binden, wenn ich täglich sehe, dass Frauen und Männer nicht zusammen passen“ schilderte er mir immer wieder.

Litze ist ein gefragter Paartherapeut.

„Eure Fantasie geht wieder mit Euch durch“ bremste ich sie ein. „Vielleicht erinnert ihr euch, wir haben heute eine Tote aufgegabelt. Bisher weiß niemand etwas über die Frau. Sie sah noch so jung aus. Erbauend war das nicht gerade. Allerdings möchte ich das heute Abend auch nicht unbedingt weiter thematisieren. Wo ist eigentlich Jack ?“

„Zurück ins Büro um Verträge zu überprüfen. Da brummt das Geschäft“ merkte Henk an. „Ups, schaut mal schnell zum Nachbarsteg.“ Alle blickten zu der leise blubbernden weißen Motoryacht, wo sich gerade eine Person damit abmühte, seine teure Yacht zu vertäuen.

„Also,“ begann Henk erneut „erst entstand die Kavallerie, danach kam die Seefahrt und danach wiederum die Luftfahrt. Die Kavallerie hat den Slipsteg entwickelt, damit die Soldaten ihre Pferde sicher anbinden, aber auch schnell losbinden konnten. Betrunkene Reiter haben das federführend mit entwickelt. Schaut mal wie der sein Boot anbindet“ deutete Henk in dessen Richtung. Trocken fügte er hinzu: „Wenn der so sein Pferd angebunden hätte, dann hätte der es immer suchen müssen.“

Fast alle amüsierten sich bestens in dieser Runde. Endlich ließ ich mich auch ablenken.

„Zu Inkontinenz oder wie das.., ach ja Inkompetenz, da fällt mir gleich etwas ein“ freute sich Dildo und zog die Aufmerksamkeit der Runde auf sich.

„Einstellungstest bei der Krip.
Der Prüfer zeigt dem ersten Bewerber ein Foto aus der Verbrecherkartei und fragt: "Was fällt Ihnen bei diesem Mann auf ?"
Bewerber 1 überlegt gründlich und ruft dann: "Ha, der hat nur ein Ohr !"
Der Prüfer sieht sich das Bild an. Eine Profilaufnahme. Er schüttelt den Kopf und sagt: "Durchgefallen."
Bewerber 2 tritt ins Zimmer, erhält die gleiche Frage zum selben Bild, überlegt gründlich und ruft schließlich: "Ha, der hat ja nur ein Ohr !“
Kopfschütteln. Durchgefallen.
Bei Bewerber 3 die selbe Aufgabe. Er überlegt, überlegt und überlegt und sagt schließlich: "Dieser Mann trägt Kontaktlinsen !"
Der Prüfer stutzt, schaut sich das Bild genauer an, kann nichts erkennen. Er ließt dann in der Personenbeschreibung nach und tatsächlich: Kontaktlinsen ! Freudig erregt gratuliert er dem Bewerber. "Sagenhaft, sie sind genau der Richtige, wie haben sie das bloß erkannt ?"
Sagt Bewerber 3: "Na ja, wie könnte der denn eine Brille tragen - mit nur einem Ohr !"

Dildo freute sich wie immer am meisten über seine Witze und johlte vor Vergnügen.

„Mir fällt auch einer ein“ meldete sich nun Hippo. Schnell trank er einen Schluck Bier und glättete seinen Cut, bevor er los legte.

„Der Himmel ist total überfüllt. Petrus und der Chef einigen sich darauf, künftig nur noch Fälle aufzunehmen, die eines besonders spektakulären Todes gestorben sind ! Es klopft an der Himmelstür.

Petrus sagt: „NUR NOCH AUßERGEWÖHNLICHE FÄLLE !“

Der Verstorbene: „Höre meine Geschichte. Ich dachte schon immer, meine Frau betrügt mich. Also komme ich überraschend drei Stunden früher von der Arbeit, renne wie wild die sieben Stockwerke zu meiner Wohnung rauf, reiße die Tür auf, suche nun wie ein Wahnsinniger die ganze Wohnung ab – und – auf dem Balkon finde ich einen Kerl der am Geländer hängt. Also, ich habe einen Hammer geholt und dem Sack auf die Finger gehauen. Der fällt runter und.., landet direkt auf einem Strauch. Nur die Sau steht doch wieder auf. Ich zurück in die Küche, greife mir den schweren Kühlschrank und schmeiße das Ding vom Balkon: TREFFER !

Nachdem die Sau nun platt ist, bekomm' ich von dem ganzen Stress einen Herzinfarkt.“

„O.K.“ sagt Petrus „ist genehmigt, komm' rein.“

Hippo lachte kurz auf. „Geht noch weiter.“

Gleich darauf klopft es wieder. „Nur außergewöhnliche Fälle“ sagt Petrus !

„Kein Problem“ sagt der Verstorbene. „Ich mache wie jeden Morgen meinen Frühsport auf dem Balkon, stolpere über den beschissenen Hocker, fall über das Geländer und kann mich in wirklich letzter Sekunde ein Stockwerk tiefer am Geländer festhalten. Meine Güte dachte ich. Geil - was für ein Glück. Ich lebe noch. Da kommt plötzlich ein völlig durch geknallter Idiot und haut mir mit dem Hammer auf die Finger. Ich stürze ab, lande aber auf einem Strauch und denke ‚DAS GIBT ES EINFACH NICHT !' Zum zweiten Mal überlebt ! Ich schaue nach oben und da trifft mich dieser dämliche Kühlschrank !“

„ O.K“ sagt Petrus „rein in meinen Himmel.“

Und schon wieder klopft es an der Himmelstür.

„Nur außergewöhnliche Fälle“ sagte Petrus!

„Kein Thema“ sagte der Verstorben.e „Ich sitze nach einer scharfen Nummer völlig nackt im Kühlschrank...“

Jetzt grölten alle – bis auf Litzes temporärem Herzblatt.

Etwas sauertöpfisch ergriff nun Litzes Freundin zum ersten Mal das Wort.

„Ein Mann steht bis zur Hüfte im Meereswasser und ruft seiner Frau zu: "Schatz schau, wie die Wellen mich küssen !" Seine Frau: "Sieh mal, wie sie kurz darauf brechen...!"

Nur Petra wieherte. Alle anderen erstarrten in absolute Ruhe.

Ein betretendes Schweigen machte sich breit.

Da fing Petra hysterisch an zu kreischen: „Ha, da sieht man es wieder. Ihr könnt nur austeilen. Verdammte Machoschweine. Ihr Männer seid alle glei...“ schimpfte sie und merkte nicht, dass alle am Tisch grinsten.

Ein alter Kniff von uns, um Personen zu provozieren, damit sie ihr wahres Gesicht zeigten. An Litzes Mimik konnte ich erkennen, dass Petra bei ihm durchgefallen war. Wie ich ihn kannte, schien ihre Zeit heute Abend abzulaufen.

Vorerst wurde sie gerettet. „Achtung, das Essen kommt...“ ließ sich Pia vernehmen.

024

Die Maschinen liefen schon seit einer viertel Stunde, sodass mittlerweile die Motoren auf Betriebstemperatur gebracht waren. Beruhigend vibrierte der Schiffsrumpf und Kapitän Matulionis kontrollierte noch einmal alle wichtigen Funktionen von der Brücke aus.

Zufrieden stellte er fest, dass alle Systeme einwandfrei ihren Dienst versahen. Von der Lotsenstation erhielten sie die

Freigabe ihres Slots. Mit einem Kopfnicken gab er seinem ersten Offizier zu verstehen, das er Anweisungen zum Ablegen geben konnte. Dieser sprach nun leise, aber deutlich in sein Funkgerät, dass die Leinen los geworfen werden sollten.

Ganz langsam löste sich die ‚Helene Hartz' vom Kai. Ganz anders verhielt es sich bei Matulionis. Bei ihm löste das Auslaufen eine für ihn unerklärliche Nervosität aus. Lag es an seinem ereignisreichen Tag ? Schließlich wurde er auch nicht jünger.

Ihm lag das zu entsorgende Paket auf dem Magen. Im Moment lag es seit zwei Stunden, in einer Spezialkammer, sicher im Unterschiff. Er hatte sich nicht die Mühsal gemacht, in das Paket rein zu schauen. Er konnte sich schon denken, wie der Inhalt aussah. Nicht umsonst hatte der Pfau so viel Geld bezahlt. Darüber hinaus war es gut verpackt. Zumindest würde es keine weitere Sauerei geben.

Er wollte das Paket nur so schnell als möglich loswerden.

Die WaschPo hatte ihn und sein Schiff auf dem Kieker. Da konnte man nie wissen, was denen so einfiel. In letzter Minute eine Besichtigung am Kai, was ja nicht erfolgt war, eine kleine Kontrolle auf See oder..., ihm fielen da gleich mehrere Möglichkeiten ein.

Noch einmal kontrollierte Matulionis penibel die aktuelle Geschwindigkeit. Mit sechs Knoten Fahrt waren sie deutlich unterhalb der auf der Trave maximal zulässigen Geschwindigkeit unterwegs.

Sie passierten dabei die reizvoll erleuchtete Silhouette der Travemünder Vorderreihe und die angestrahlte Passat. Hierfür hatte er gegenwärtig kein Auge. Neben den individuellen Deckslichtern, leuchteten alle vorgeschriebenen Positionslichter, für ein Fahrzeug in Fahrt mit Fahrt durchs Wasser und länger als fünfzig Meter. Einmal die Grund-beleuchtung, für die Backbordseite rot, für die Steuerbordseite grün und das weiße Hecklicht, sowie zwei weiße Toplichter, die anzeigen, dass die ‚Helene Hartz' unter Maschinenantrieb fährt und länger als fünfzig Meter ist. Hinzu noch die Lichter rot-weiß-rot, was für die Manövrierbehinderung stand. Soweit war alles in Ordnung. Auf das billigere Schweröl wollte er auch erst ganz weit draußen umstellen.

Dennoch rumortete es noch in seinem Magen.

Für seine Mannschaft gab es in diesem Augenblick nichts zu tun, sodass wohl die meisten im Fernsehraum zusammen saßen oder sich in ihre Koje zurückgezogen hatten.

Mit flauem Magen warf er noch einmal einen kurzen Blick zurück, auf das nur langsam entschwindende Travemünde.

Hoch über allem strahlte das höchste Leuchtfeuer Europas, auf dem fünfunddreißig Stockwerke hohem Maritim. Der Bau des Travemünder Wolkenkratzer wurde in den Siebzigern vom Bundesnachrichtendienst angeschoben. So konnten sie mit ihren Horchantennen weit in den Osten hinein lauschen. Heute ist die architektonische Fehlleistung bis zur zwölften Etage mit Hotelzimmern bestückt und darüber befinden sich Eigentumswohnungen. Wer über den optischen Makel hinweg sieht und einmal von dort oben in die Ferne schaut, wird mit einem tollen Panorama belohnt. Landeinwärts schaut man bis in das Herz von Lübeck und seewärts fliegt man quasi über die Lübecker Bucht.

Die ‚Helene Hartz' befand sich nun auslaufend auf Höhe der roten Tonne Zwei, als Kapitän Matulionis sein Bauchgefühl bestätigt sah. „Verdammt, er hatte es geahnt !“

Mindestens drei Polizeiboote konnte er anhand der Blaulichter hinter sich ausmachen. Sie waren etwa auf Höhe der Mole, wo der schwarzweiße Leuchtturm stand und somit nur noch eine gute Seemeile entfernt. Hektisch übergab er das Kommando an seinen ersten Offizier und verschwand eilig in das leere Unterschiff. Er musste sofort handeln.

Die Dunkelheit würde sein Komplize sein.

025

Das Abendessen war wie immer ausgezeichnet und die sechs Scampi wurden von mir mit drei leckeren Erdbeerbowlen und einem Cappuchino zum Schwimmen gebracht.

Den Vogel schoss Litze ab. Er verdrückte auf dem Weg zum Fischtempel schon drei Currywürste und zwei Fischbrötchen, um dann bei Pia noch fünfzehn Riesenscampi mit entsprechend Flüssigkeit zu vernichten. Gleichwohl ist er ja auch kein zierlicher Typ.

Mit einer fadenscheinigen Begründung verabschiedete ich mich von der Clique und radelte durch die inzwischen fast menschenleere Vorderreihe. Nur vor dem Casablanca gab es noch einige besetzte Tische. In Travemünde geht man früh nach Hause. Vor dem schwarzen Nachthimmel präsentierte sich eindrucksvoll die angestrahlte Passat.

Eine viertel Stunde früher als abgemacht, erreichte ich die Strandpromenade, wo alle Strandkörbe in Reih und Glied standen.

So ein Korbgeflecht ist typisch deutsch. Spießig, aber praktisch und genial. Wind, Sand, Regen und Sonne werden zuverlässig abgehalten und erhöhen den Komfort enorm. Vor einhundertneunundzwanzig Jahren konstruierte der Rostocker Hof-Korbmachermeister Wilhelm Bartelmann, eine Sitzgelegenheit am Strand, für die Rheumakranke Elfriede von Maltzahn. Nur rund ein Jahr später, also 1883, betrieb er eine Strandkorbvermietung. Heute ist das praktische Strandmöbel an Ost- und Nordsee nicht mehr weg zu denken.

Es gibt verschiedene Anbieter in Travemünde. Um den Schatten des Hochhauses, der teilweise den Strand am Nachmittag verdunkelt, gerechter zu verteilen, rotieren die Vermieter jährlich, nach einem festen System. Das hellbraune Korbgeflecht von Stina war bei Seipel angemietet, sodass dieser in diesem Jahr vorne zu finden war. Mangels einer Taschenlampe, musste ich in der Dunkelheit einen Augenblick lang suchen. Ihr Korb mit der Bezeichnung OW 207 sollte an der Wasserseite stehen. Ein Zahlensystem machte ich nicht aus. Zu meinem Glück war Stina sogar noch vor mir da, denn, obwohl auf der Rückseite eine entsprechend große Beschriftung aufgetragen ist, gestaltete sich das Ausmachen nicht so einfach.

„Hallo Stina, Du bist ja schon da“ entdeckte ich sie endlich. „Wenn ich nicht ein Hüsteln vernommen hätte, wer weiß, wann ich Dich entdeckt…“

Stina sprang aus dem Strandkorb. „…Hallo York“ empfing sie mich in leicht nervöser Stimmung und gab mir einen zaghaften Kuss auf die Wange. Dabei hielt sie mich ein wenig länger im Arm, als nötig. Ich wertete das als ein gutes Zeichen und meine Lippen suchten sanft nach den Ihrigen.

Ihr haftete ein leicht erotischer Duft an. Ich meinte ein wenig Bergamotte, Sternanis und Pfirsich zu erschnuppern. Auch Ylang-Ylang, Moschus und Vanille erregten meine Sinne. Unerwartet heftig presste sich Stina an mich und sie erwiderte den Kuss mit ungebremster Leidenschaft. Ein hitziges Gefühl durchströmte meinen ganzen Körper und ich musste mich zusammen reißen, dass ich ihr nicht die Bluse vom Leib riss. Ihren heißen Atem spürte ich in meinem Nacken und mein Gefühl sagte mir, nein es schrie, Junge mache mehr daraus !

Als Geräuschkulisse nahm ich nur das Meeresrauschen wahr. Minutenlang küssten und karessierten wir uns, bevor einer etwas sagen wollte.

„Also…“ startete ich atemlos einen Versuch. Dabei setzten wir uns in den Korb.

„Nein, bitte. Lass mich anfangen“ unterbrach sie mich. „Es tut mir leid, wegen vorhin. Im Dienst tue ich mich mit Privatem immer sehr schwer. Natürlich ärgere ich mich darüber, nur ich weiß auch nicht wie ich das ändern kann. Weißt Du…“

„…Stina, mach’ mal halblang“ unterbrach ich sie geschickt. „Ich weiß doch, dass Du keinen einfachen Dienst absolvierst und ich sehe das nicht so streng. Andererseits würde es mir viel Freude bereiten, wenn Du in meinem privaten Bereich eine, ähem.., also eine nachhaltige Rolle spielen möchtest. Das schließt auch Nonome mit ein.“

Stina sagte erst einmal gar nichts und ich füllte derweil ein mitgebrachtes Rotweinglas, mit einem erfrischenden 2008-er Montepulciano D’abruzzo, den ich noch auf dem Weg zum Strand, im Savoir Vivre in der Alten Vogtei, dem ältesten und vierhundertsechzig Jahre altem Haus in der Vorderreihe Travemündes, kurz vor dem Restaurantschluss ergattert hatte.

Sie nahm mich wortlos in den Arm und legte ihren Kopf auf meine Brust. Ihr schönes dunkles Haar wurde vom noch warmen Wind umspielt und wir schauten einfach nur auf das Wasser und ließen den Gedanken freien Lauf.

Die Beleuchtung, eines gerade auslaufenden Frachters, sowie rote und grüne Lichter der Fahrwasserbetonnung konnte ich erkennen. Über uns funkelten vereinzelte Sterne, wie Brillianten. Ein Blick in die Vergangenheit, Gegenwart und Zukunft zugleich.

Wie viele der sichtbaren Sterne waren noch existent ? Teilweise sind sie so unvorstellbar weit entfernt, dass das Licht erst jetzt unseren Planeten erreicht, obwohl sie vielleicht schon seit zigtausenden Jahre nicht mehr bestehen. Möglicherweise sind an ‚schwarzen Stellen’ schon längst neue Sterne ‚geboren’ und sie sind ebenfalls so unfassbar weit entfernt, dass das Licht noch einige zigtausend Jahre braucht, um bei uns sichtbar zu werden. Was für eine berauschende Expansion, wenn man berücksichtigt, dass das Licht in einer Sekunde 300.000 Kilometer und in einem mickrigen Jahr 9,5 Billiarden Kilometer zurücklegt. Dabei ist der Mond nur 1,3 Lichtsekunden und die Sonne nur 8,3 Lichtminuten entfernt. Der Durchmesser unserer Galaxie, der Milchstrasse, beträgt rund 100.000 Lichtjahre und die Entfernung zur nächsten größeren Galaxie, dem Andromedanebel, beträgt etwa 2,5 Millionen Lichtjahre.

Mir wurde nicht nur aufgrund dieser unverständlichen Dimensionen schwindelig. Stina schaffte es, alleine durch ihre Anwesenheit, mich zu verzaubern. Derweil kletterte die abnehmende Mondsichel langsam den Horizont hinauf.

„Ich mag das, wenn man sich auch ohne viele Worte versteht“ flüsterte Stina. „Ich habe gerade in den unendlichen Weiten des Universums gesurft und eine pulsierende Kraft verspürt“ beschrieb sie ihre Gedanken. „Was wohl für uns in den Sternen steht ?“ fragte sie sanft.

„Konnte sie meine Gedanken lesen ?“ fragte ich mich erschrocken und verzaubert zugleich. Beim nächsten Atemzug bildete ich mir sogar ein, blau funkelnde Sterne zu erblicken.

„...Kollegen“ erklang ihre gedämpfte Stimme an mein Ohr.

„Wie meinen ?“ hakte ich nach und registrierte drei Polizeiboote mit eingeschaltetem Blaulicht, als diese um die Mole Richtung Strand einbogen. Blaue Lichtblitze zuckten durch die dunkle Nacht. Blaue Sterne.., grinste ich in mich hinein.

„Meine Kollegen führen eine Nachtübung mit unseren vier neuen Anwärtern durch. Habe ich verdrängt, da es mich auch nicht betrifft“ wiederholte Stina. „Übrigens, der Frachter dort draußen, das ist die ‚Helene Hartz‘. Den Kapitän erwartet demnächst eine saftige Strafe. Der ist heute früh mit Überfahrt in die Trave gerauscht und durch den Schwell ist ein nicht unbeträchtlicher Schaden entstanden."

„Ich habe davon schon gehört. Die stehen auch immer unter Termindruck."

„Irgendetwas war komisch an dem Kapitän, aber ich bin nicht darauf gekommen was es war, außer, dass er mir gegenüber so auftrat, als wenn er die deutsche Sprache nicht so richtig beherrscht. Es bestand gar kein Grund dazu. Es ist jedoch auch kein Grund, um deswegen jemanden fest zu halten. Ach, vergiss es" schloss Stina.

Wir schwiegen wieder in trauter Zweisamkeit und blickten raus auf das Wasser, wo der Frachter langsam entschwand.

Ich fand Gefallen, an so einen spießigen Strandkorb, wie Dildo immer sagte. So ganz Unrecht gab ich ihm nicht, aber jetzt. Mit Stina an der Seite und keinen lästigen Nachbarn im Nebenkorb, wo alle Gespräche neugierig belauscht und kommentiert werden, fühlte ich mich zusehends wohler. Stina gefiel mir in ihrer ganzen Art. Abgesehen von ihrem umwerfenden Äußeren, mochte ich ihr Lachen, ihre Art von Humor, ihre Auffassungsgabe, ihre..., ach, irgendwie alles. Auch ihre kleinen Unzulänglichkeiten.

Sie war nicht zu verwechseln, nicht austauschbar – Einzigartig.

Auf dem Weg hierher, rief mich meine alte Freundin Hannah Theis aus Timmendorf an und schlug vor, ob wir uns heute Abend noch treffen wollten, so auf alte Zeiten hin, wie sie es ausdrückte. Wir hatten uns länger nicht gesehen und normalerweise wäre ich auf den Zug aufgesprungen. Mit Hannah verband mich eine lange Freundschaft. Zudem lief es immer darauf hinaus, dass wir über kurz oder lang, eher kurz, mit einander heftigen und tollen Sex hatten. Eigentlich ist sie, mit ihrem typisch italienischen Aussehen genau mein Typ, obwohl sie in dritter Generation aus Nordfriesland stammt. Seit dem ich Stina über den Weg gelaufen bin, änderte sich diesbezüglich etwas in mir. Ich wünschte ihr einen schönen

Abend und versprach, in den nächsten Tagen auf einen Cappuchino in ihrer Eisdiele vorbei zuschauen.

Inzwischen war die Polizeiübung beendet und der Strand gehörte uns beiden ganz allein. Ein wundervolles Sternenzelt breitete sich über uns aus.

„Spürst Du die Kraft, York ?" hauchte sie mir ins Ohr.

„Ich sauge sie auf." Nach einer Weile fügte ich an „Was für ein gewaltiges Bild. Ich habe etwas ähnlich Mächtiges schon einmal in der italienischen Bergwelt verspürt. Es war auf einer Skitour im Frühjahr. Wir befanden uns dort gegen elf Uhr in so einer Art Bergkessel, analog einem Trichter. Das grelle Sonnenlicht wurde so reflektiert, dass von unserem Standpunkt aus, der Himmel marineblau, fast schwarz erschien. Ein magischer Moment."

„Warum kann es nicht immer so faszinierend und friedlich sein ?"

„Um zum Beispiel im Kosmos zu bleiben, befürchte ich, dass wir Erdenbewohner das Krebsgeschwür des Universums sind. Wer weiß, wenn wir immer nur im Highlight leben, dann geht es vielleicht schleichend über, in die Normalität und wir schätzen es nicht mehr entsprechend. Das kennst Du vielleicht auch. Wenn man sich nicht des Öfteren ein wenig zurück nimmt und reflektiert, wie gut es Einem geht, dann hält man es für ganz Normal und steigert sein Level unbewusst. Polarisierende Elemente braucht es sicher" entgegnete ich und füllte neuen Rotwein in das Glas.

„Oft steckt hinter einer schönen Schale, ein fauler Kern. Um die fauligen Kerne sichtbarer zu machen, braucht es Informationen. Deshalb bin ich auch ein Anhänger von Wikileaks. Wir müssen uns alle im Leben mit so vielen Lügen und Intrigen rum schlagen, da kann es nur helfen, wenn Informationen öffentlich gemacht werden. Du siehst ja selbst, viele der vermeintlich ‚ehrenwerten' Politiker und Kirchenfürsten, stecken tief im Sumpf und dies nicht nur seit

Wikileaks."

„Ja, natürlich hast Du Recht. Es muss aber im rechtsstaatlichen Sinne geschehen."

„Das sehe ich nicht ganz so eng, denn gerade DIE, verschanzen sich hinter unserem Rechtssystem und nutzen es, um ihren schmutzigen Geschäften nach zu gehen. Mit den rechtsstaatlichen Mitteln kann man ihnen fast nie beikommen. Da müssen auch einmal unorthodoxe Methoden angewandt werden. Nimm Dich der Tötung Osama Bin Ladens an. Natürlich kann man argumentieren, dass die Aktion der Amerikaner nicht im Sinne eines Rechtsstaates durchgeführt wurde. Andererseits bin ich davon überzeugt, dass sie ihn dann niemals geschnappt hätten. Wieso sollte sich so ein Typ hinter Menschenrechte verschanzen, nachdem er nachweislich Tausende in den Tod gestürzt hat. Natürlich wird die Welt hierdurch nicht besser, aber garantiert nicht ärmer und hoffentlich auch weniger gefährlich. Bestenfalls wäre er nach einem langjährigen Verfahren verurteilt worden und es hätte bestimmt laufend unschuldige Geiseln gekostet, um ihn damit frei zu pressen. Eine fürchterliche Vorstellung.

Jeder Fürsprecher handelt meines Erachtens fahrlässig, egal aus welchem vorgeschobenen Grund. Deswegen darf man den Amerikanern noch lange keinen Freifahrtschein ausstellen, denn auch die haben genug Leichen im Keller."

„Zumindest zeigen die, im Gegensatz zu Europa, Stärke und lassen sich nicht von allen möglichen Clowns auf der Nase herum tanzen und aussaugen. Es ist schon bitter, wenn zum Beispiel einfache Steuer- oder Verkehrsvergehen, oft schlimmer geahndet werden, als groß angelegte Betrügereien, Körperverletzung, Nötigung, Raub, Vergewaltigung oder zuweilen bis hin zum Mord." Sie nahm einen großen Schluck Wein aus dem Glas.

„Es wird einem nicht immer unbedingt leicht gemacht" und machte ein nachdenkliches Gesicht „da macht mir mein

Beruf manchmal auch keinen Spaß mehr.“ Dabei erhaschte sie einen flüchtigen Blick auf meine mit Tritum leuchtende Armbanduhr. „Oh weh, wie die Zeit verfliegt. Jetzt ist es schon nach ein Uhr. Ich habe heute Frühdienst, das heißt um fünf Uhr aufstehen. Bitte sei mir nicht böse, aber ich muss jetzt los. Ich fand es sehr schön und würde morgen gerne da weiter machen, wo wir aufgehört haben. Mareike schläft morgen bei einer Freundin“ grinste Stina lasziv. Dabei dachte sie belustigt „Wenn ihr jemand das vor vier Monaten prophezeit hätte, dann hätte sie denjenigen für komplett Verrückt erklärt.“

„Gerne, aber morgen habe ich sicher lange Arme, da wir auf der Ostsee Wasserski laufen wollen“ feixte ich. „Lass uns gegen achtzehn Uhr telefonieren. Ich kann mir vorstellen, eine Kleinigkeit zu kochen, wenn Du es wagen möchtest ?“

„Oh fein, noch nie hat ein Mann nur für mich gekocht.“

Stina verabschiedete mich vor ihrer Wohnung am Alten Leuchtturm, mit einem viel versprechenden Kuss.

Gut gelaunt machte ich mich mit dem Rad zur Autofähre auf.

Jetzt war es mir doch ein wenig frisch und die dünne Weste nicht ganz passend. Zügig trat ich in die Pedale und rollte an der Trave entlang, als ich in Höhe des Yachtclubs, vier vermummte Gestalten und einen Rollstuhlfahrer sah, von denen mir Letzterer bekannt vorkam. Sie mussten mich ebenfalls wahrgenommen haben, denn sie versteckten sich sogleich hinter einem der weißen Verkaufsbuden.

Was hatten die fünf um diese Zeit zu verbergen, überlegte ich blitzartig. Wollten sie einen Einbruch ausüben ? Nicht, wenn es tatsächlich Daniell war, den ich im Rollstuhl zu erkennen glaubte. Nur, wenn ich mich irrte ?

„Hallo, ihr dürft ruhig rauskommen, ich habe Euch bemerkt“ rief ich und stellte mich so neben das Fahrrad, dass ich einen Angriff abwehren konnte, sollte es wider Erwarten zu einer

Konfrontation kommen. „Nehmt dabei Eure Maskerade ab."

Ich hörte ein aufgeregtes Tuscheln und nur langsam schälte sich die Gruppe aus der Verborgenheit. Es handelte sich tatsächlich um Daniell. Daniell Holter saß nach einer im Mai erlittenen Schussverletzung im Rollstuhl. Seine Begleiter kannte ich auch. Es waren die Zwillinge Fiona und Ewa, die Töchter des schmierigen Bürgerschaftsabgeordneten Dr. Johannes Schnabel, mit ihren Freunden Malte und Max. Eine typische Jugendclique. Meist lärmend und voller Lebensenergie, aber harmlos. Ein Einbruchdelikt würde mich jetzt überraschen.

„Guten Abend Herr Illmer" ergriff Daniell selbstsicher das Wort.

„Du meinst wohl eher Guten Morgen" erwiderte ich freundlich. „Ich denke Du lebst in Bremen, was treibt Euch denn so Geheimnisvolles um ?"

„Es ist nicht so, wie es den Anschein hat" sprach Daniell wieder für die ganze Gruppe. Die anderen vier nickten dazu, machten aber einen angespannten Eindruck. „Ich habe Urlaub und besuche meine alten Freunde. Wir haben uns einen klasse Abend gemacht. Ich habe hier noch meine alte kleine Bude. Es wäre trotzdem nett, wenn Sie uns nicht gesehen haben" fügte er verlegen hinzu.

„Ihr verlangt eine ganze Menge. Ohne eine plausible Begründung wird das schwierig."

„Also gut. Versuchen wir es" begann Daniell. Die anderen vier wollten aufbegehren. Mit einer Handbewegung schnitt er seinen Freunden entschieden das Wort ab. „Es geht nur mit Geradlinigkeit."

„Ich bin ganz Ohr."

„Wir nehmen am Schüler Filmprojekt Lübeck ‚your cam your style' teil und drehen einen fünfminütigen Kurzfilm, für die

Kategorie Dokumentation. In zehn Tagen müssen wir unseren Film fertig haben."

„Gratuliere, das nenne ich wirklich kreativen Unternehmungsgeist. Da habt ihr meinen ungeteilten Segen." Die Anspannung der Gruppe wich. „Wozu dann aber diese alberne Maskerade ?" hakte ich nach.

„Wir betreiben in Travemünde Guerilla-Garding und das dokumentiere ich. Da dies bei den Ordnungsämtern meist unter hoher Strafe steht, müssen sich die Akteure tarnen."

„Ihr seid was?" fragte ich verblüfft.

„Guerillagärtner. Wir verschönern die Grün- und Betonflächen durch Aussaat und Anpflanzen von Maiglöckchen, Sonnenblumen, etc. Teilweise auch durch Aufsprühen."

„Das habe ich noch nie gehört. Wie funktioniert das bei Beton ?" fragte ich neugierig geworden.

„Wir vermischen Buttermilch und Moos und bespritzen Betonpfeiler und Wände. Im Idealfall fängt das Moos an, den Beton zu begrünen. Die Bewegung entstand erstmals vor vierzig Jahren in New York. Aufgrund der leeren Stadtkassen begannen dort die Bewohner, auf eigene Kasse, die öden Flächen zu schmücken. Herr Illmer, wir mögen Travemünde, auch wenn es Defizite im Jugendbereich gibt. Seit einem halben Jahr sind wir tätig und nicht nur wir erfreuen uns an den bunten Wiesen und erblühenden Böden. Wir haben eine Menge Zeit und Taschengeld investiert. Wenn Sie uns jetzt verpfeifen, dann sind wir pleite" beendete Daniell seine Ausführung.

„Ich habe sicher nicht vor euch zu denunzieren. Im Gegenteil. Mir gefällt Eure Aktion. Seid vorsichtig und lasst Euch nicht erwischen. Gute Nacht" verabschiedete ich mich von der erstaunten Gruppe. Zeit für meine Koje.
Eine Idee schwirrte in meinem Kopf herum.

026

Mi-21.Sept-2011

Unruhig lief der Pfau in seinem Büro auf und ab.

Für ihn war es nicht ungewöhnlich, bis spät im Büro zu arbeiten. Seine Frau hatte sich daran schon lange gewöhnt. Sie rief ihn nach einundzwanzig Uhr sowieso nicht mehr an. Das eröffnete nebenbei Freiheiten, die er gerne nutzte. Soeben hatte er die Spätnachrichten mitgehört. Darin hieß es in einer Kurzmeldung, dass heute eine tote junge Frau in der Ostsee vor Travemünde, aus dem Wasser gefischt worden ist. Es wurden keine weiteren Angaben gemacht. Keine Uhrzeit, keine Beschreibung. Nichts. In seinem Kopf wirbelten die Gedanken.

„Konnte es sich um sein Paket handeln ? Hatte ihn der Kapitän rein gelegt ? Wofür hatte er die dreißig Mille bezahlt ? Der Dreckskerl ging auch nicht an sein Handy. Er brauchte unbedingt mehr detaillierte Informationen." Der Pfau wusste auch, wie er sich die beschaffen konnte. Mit Hamburg stand er sowieso gerade in Kontakt. Die heutige Lieferung war ausgezeichnet und löste bei seinen Abnehmern ungeteilte Begeisterung aus. Nur beste Ware versprach eine lohnende Investition und maximalen Profit.

Schnell wechselte er in seinem Handy eine sichere, nämlich unregistrierte Prepaidkarte ein und telefonierte.

Nach dem Gespräch setzte er wieder seine offizielle Simkarte ein und zerstückelte die Prepaidkarte. Bald würde er auf dem Laufenden sein.

Müde verschloss er die Bürotür. Er versicherte sich, dass alle drei Sicherheitsschlösser verriegelt waren und machte sich auf den Weg, zurück von Lübeck nach Travemünde. Der

kraftvolle Dieselmotor des Audi A8 besänftigte ihn ein wenig. Sein Terminplan war eindeutig zu voll. Er sollte etwas kürzer treten. „Was für ein ereignisreicher Tag“ sinnierte der Pfau und gab sich entspannt der eingebauten Massagefunktion seines Fahrersitzes hin. Bis zu seinem Einfamilienhaus in der Kaiserallee, brauchte er für gewöhnlich zwanzig Minuten.

Er hatte keine Eile. Seine Frau würde, wie immer schon, ihren Schönheitsschlaf ausüben. Der Pfau platzierte den schweren Wagen vor der Doppelgarage, damit sich niemand durch das quietschende Garagentor gestört fühlte. Er nahm sich fest vor, das Tor bis zu den ersten regnerischen Herbsttagen zu ölen. Im Haus war wie erwartet, alles ruhig. Er schritt gleich durch die Diele in das angrenzende Wohnzimmer und füllte sich an der Hausbar ein Whiskyglas, mit einem Single Malt. Dabei schweiften seine Gedanken wieder einmal ab in sein Büro.

Ein wohliger Schauer durchströmte seinen Leib. Auf das hochprozentige Getränk war es jedoch nicht zurück zuführen. Einzig allein auf seine Cleverness. In seinem Safe lagen wieder einmal genau einhundertsechzigtausend Euro – steuerfrei.

Amen !

027

Schon um sieben Uhr bog POK Stina Wallison, mit ihrem privaten, hellblauen Opel Astra, in die Kahlhorststrasse in Lübeck ein. Selbst um diese Zeit war es schwierig in der Nähe einen Parkplatz zu finden. Sie schalt sich, dass sie keinen Dienstwagen genommen hatte, aber auf dem Rückweg wollte sie noch auf einen Sprung zum Friseur nach Krummesse. Die Spitzen sollten nur ein wenig gestutzt werden. Dort mit einem Streifenwagen vor zu fahren, erschien ihr nicht verständlich.

Ihrem Vorgesetzten hatte sie informiert, dass sie heute eine Überstunde abfeiert. Sie schob jetzt noch über siebzig Stunden vor sich her.

Kurz entschlossen, stellte sie ihren Astra auf den einzigen freien Stellplatz, vor dem rot geklinkerten Institut für Rechtsmedizin. Dieser Parkplatz war ausschließlich für Wagen der Behörde gekennzeichnet. Sie legte einen Zettel mit ihrem Namen, Dienstgrad und Handynummer auf das Armaturenbrett. Länger als eine viertel Stunde wollte sie sich dort sowieso nicht aufhalten.

Normalerweise kümmerte sich ausschließlich das MD.1 in Lübeck um alle Mordfälle. Aufgrund des gestrigen Raubmordes auf den Geldtransporter der CPT, waren deren Ressourcen gebunden und ihr Chef hatte sie als ermittelnde Kommissarin eingesetzt.

Schnell durchschritt sie den nüchternen Vorraum und klingelte an der Tür mit der roten Aufschrift Pathologie. Eine ihr unbekannte, blasse, junge Frau öffnete. Wallison stellte sich kurz vor und zeigte ihren Dienstausweis. „Sie werden schon erwartet“ murmelte die junge Frau nicht unfreundlich „sie kennen sich ja hier aus“ und schlurfte wieder in ihr Büro.

Die Kommissarin begab sich durch den mit kaltem Neonlicht ausgeleuchteten Flur, bis sie am Ende links vor dem Fahrstuhl stand. Eine Etage tiefer, gleich neben dem Lift, befand sich die isolierte, silberfarbene Metalltür. „Wie im Kühlhaus eines Restaurants“ ging es ihr durch den Kopf. Ohne anzuklopfen trat sie ein und verspürte sogleich die Kälte, welche hier in dem cremefarben, gekachelten Raum herrschte. So frisch hatte sie es gar nicht in Erinnerung, sonst hätte sie sich noch eine Jacke über geworfen.

Der junge Rechtsmediziner Kevin Roche schaute vom Seziertisch hoch.

„Ah, wie - wie schön, ähem, dass sie, ähem wieder einmal, ähem, reinschauen…“ stammelte Roche erfreut und fügte nach einem freundlich strengen Blick Stinas hinzu: „ähem..., ich meine natürlich, ähem, Stina. Schön Dich zu.., ähem, zu sehen.“ Er wurde immer sichtlich nervös, wenn Stina Wallison in seiner Nähe war und hatte ganz vergessen, dass sie sich duzen.

„Hallo Kevin“ begrüßte Wallison ihn freundlich. „Leider sind meine Besuche immer mit unerquicklichen Sachlagen verknüpft. Hast du etwas Interessantes für mich ?“

„Nun, ich glaube schon“ begann Kevin Roche jetzt flüssig zu sprechen, da er sich nun zu seinem Fachgebiet wandte. Hier war Roche ein wertvoller, ungeschliffener Diamant, welcher immer für Überraschungen gut war.

„Ich habe schon intensive Untersuchungen durchgeführt. Soweit ich das beurteilen kann, ist die junge Frau oder soll ich sagen, das junge Mädchen, denn ich schätze die Person nicht älter als siebzehn Jahre ein, nicht länger als vierundzwanzig Stunden tot. Sie war einhundertzweiundachtzig Zentimeter lang und wog siebenundfünfzig Kilogramm, also mager. Unter ihren Fingernägeln, wovon der vom rechten Zeige- und Mittelfinger abgebrochen ist, sind kleine Holzspäne von weichem Kiefernholz, wie es zum Beispiel für Transportkisten benutzt wird, zu finden. Ihrem Mageninhalt nach zu schließen, könnte sie Osteuropäerin sein. Vielleicht aus Litauen. Ich habe Spuren von Schweinefleisch, leicht erhöhte Mengen an Salz und Salpeter sowie Spuren von Spiritus gefunden. Das deutet auf die litauische Spezialität Skilandis, eine spezielle Wurst, hin, zumal ich dazu auch Rückstände von Rote Beete und Substanzen eines Hühnereies gefunden habe. In Litauen gilt Rote Beete Suppe, so zu sagen, als Nationalgericht.

Ähem, ich, äh, hatte während meines Studiums, ähem, kurzzeitig eine litauische Freundin“ fing Roche wieder an zu stocken.

Als Stina Wallison nur kurz nickte, fing er sich rasch.

„Hier in unserer Gegend wird das so nirgends angeboten. Sehr aufschlussreich fand ich die Blutanalyse. Hier konnte ich beträchtliche Mengen an Diazepam nachweisen. Wie Du sicher weißt, ist es bei uns verschreibungspflichtig. Das Medikament gehört zu der Gruppe der Benzodiazepine, mit relativ langer Halbwertzeit. Bei der jungen Frau gehe ich von etwa dreißig Stunden aus. Diazepam wird unter anderem zur Behandlung von Angstzuständen und auch als Schlafmittel verwendet. Nur in der richtigen Dosierung wirkt es Angst lösend, Muskel entspannend und beruhigend. Es ist ebenso unter den Namen Valium bekannt. Bei einer Überdosierung besteht unter anderem die Gefahr des Atemstillstandes. Eine Überdosis kann in seltenen Fällen schon bei zehn Milligramm beginnen. Meine hochgerechnete Dosis liegt in diesem Fall zwischen zwanzig bis dreißig Milligramm." Kevin Roche holte einmal tief Luft, um dann zum merkwürdigsten Punkt zu kommen.

Das Bemerkenswerteste ist jedoch der folgende Punkt, zu dem ich ein wenig weiter ausholen möchte. Die Frau ist nicht einfach so ertrunken, sie weist fast jegliche Symptome eines Erfrierungstodes auf."

POK Wallison zog ihre Augenbrauen hoch und schaute den Rechtsmediziner fragend an.

„Ich erläutere einmal kurz, was da genau passiert" führte Roche weiter aus.

„Erfrieren tritt ein, wenn durch hohe Kältegrade, dem Körper oder einzelnen Teilen, die nötige Menge Wärme, bis zur völligen Erstarrung entzogen wird und so die Flüssigkeiten in Blutgefäßen und Nerven gerinnen oder tatsächlich in Eisform übergehen. Gewöhnlich geschieht das zuerst in den Hautabdeckungen. Von diesem Punkt aus erfolgt mit gänzlicher Vernichtung der Wärme, die den zum Fortbestand des Lebens unbedingt nötige Verrichtung unmöglich macht, ein Übergang in tiefere Teile. Die noch flüssigen Säfte werden dann, mehr nach den inneren und edleren Organen getrieben, besonders in das Gehirn. Es stellt sich immer mehr eine zunehmende Schläfrigkeit ein. Überlassen sich dann Menschen derselben, so sind sie, wenn ihnen nicht rechtzeitige Hilfe zugeht, verloren. Für einen Laien sieht es jetzt in der Regel so aus, als wenn der Tod bereits eingetreten ist. Sie verfallen erst in eine Art Winterschlaf, was dann zusehends in einen apoplektischen Zustand oder in Todesschlaf übergeht."

Wallison merkte, dass Roche in seinem Element war und ließ ihn weiter gewähren.

„Zum Erfrierungstod kommt es im Übrigen höchst selten in geschlossenen Räumen, sondern gewöhnlich im Freien. Das ist in unserem Fall, aufgrund unserer gegenwärtigen Außentemperaturen, explizit auszuschließen. Der von der realen Gefahr des Erfrierens Bedrohte, wird plötzlich, von einer außerordentlichen Müdigkeit und der kaum noch abzuwehrenden Neigung zum Schlafen, von Schmerzen in den der Einwirkung der Kälte am meisten ausgesetzten Gliedmaßen, wie Schwere des Kopfes, Betäubung und endlich völliger Bewusstlosigkeit, überfallen. Gewöhnlich wird er dann für immer einschlafen. Insoweit ein galanter Tod. Übrigens sind schon Menschen erfroren und nach drei bis vier Tagen gefunden worden. Durch eine zweckmäßige Behandlung, konnten sie wieder ins Leben gerufen werden. Natürlich ist das die absolute Ausnahme, aber Sie gibt es."

„Was heißt das jetzt konkret, Kevin ?" unterbrach Stina ihn.

„Dazu komme ich gerade. Aufgrund meiner bisherigen Untersuchungen, ist ganz sicher davon auszugehen, dass die Frau zum Zeitpunkt ihres Wasserns, zwar erfroren war, aber noch gelebt hat. Also Scheintod. Der endgültige Tod war noch nicht eingetreten, sodass zu diesem Zeitpunkt eine minimale Chance bestand, sie wieder ins Leben zurück zu bringen. Einmal im Wasser, hatte sie dann keinerlei Chancen, obwohl sie dort langsam wieder aufgetaut ist. Die Möglichkeit zum Atmen fehlte. Meiner Meinung nach hat sie während dieses Zeitpunktes nicht Leiden müssen, da ich in ihrem Blut die Überdosis Beruhigungsmittel gefunden habe. Das Diazepam muss sie schon vor der Eiskammer, das ist meines Erachtens die einzig sinnvolle Erklärung, gespritzt bekommen haben."

POK Wallison fröstelte und das lag nicht nur an der Temperatur in dem Sezierraum. „Was für eine kranke Scheiße" fluchte Stina Wallison unvernehmbar.

„Schlussfolgerungen dürft ihr dazu ziehen. Der genaue Todeszeitpunkt ist aufgrund der verschiedenen Temperatureinwirkungen sehr schwer zu bestimmen. Sie dürfte jedoch nicht länger als vierundzwanzig Stunden erlöst sein" schloss Roche.

„Okay, danke Kevin. Den schriftlichen Bericht bitte möglichst rasch an die Dienststelle. Das wird keine leichte Aufgabe. Wir müssen möglichst schnell die Identität der jungen Frau feststellen. Akzeptablen Tag noch" verabschiedete sie sich und atmete erleichtert durch, als sie wieder vor dem Gebäude stand und die wärmenden Sonnenstrahlen auf ihrem Körper verspürte. Der Blick auf ihrem Chronometer zeigte acht Uhr elf. Es war doch länger geworden als vorher vermutet.

Jetzt sollte sie sich aber beeilen.

Im nächsten Augenblick stöhnte sie innerlich auf, als sie den weißen Zettel an ihrer Windschutzscheibe entdeckte.

„Liebesgrüße von der stets klammen Hansestadt Lübeck" dachte sie. „Zu welcher unsäglichen Zeit marschieren die schon los ? Meine Nachricht wurde auch ignoriert. Da bemühe ich mich nun, im Interesse der Allgemeinheit, einen Mord auf zu klären, obendrein erspare ich dem Steuerzahler Kosten durch die Nutzung meines Privatwagens und was bringt mir das ein ? Eine Spende an die Stadt in Höhe von fünfundzwanzig Euro" ärgerte sich POK Stina Wallison. „Brutto sind das fünfunddreißig !"

Missgestimmt starte sie den Astra.

028

Unterdessen fanden sich im Morddezernat MD.1 die Kollegen zur Frühbesprechung im kargen Konferenzraum zusammen.

Der leitende Beamte, PHK Diego-Götz Fanfarone, saß schon mit einer sauertöpfischen Miene am runden Tisch. Seine Finger trommelten überreizt auf dem Aktendeckel des Obduktionsberichtes des toten Wachmannes.

Heute Nacht hatte er einen beunruhigenden Anruf auf seiner privaten Geheimnummer bekommen.

Gelegentlich verkehrte Fanfarone in einem privaten Hamburger Nobelclub. Dort konnte er diskret seinen sexuellen Neigungen nachgehen. Gegen eine kostspielige Summe, wurden ihm sehr junge, unverdorbene Frauen zugeführt. Er trieb es jeweils nur einmal mit ihnen. Danach konnten sie ihren Beruf meist zwei bis drei Monate nicht ausführen. Er stellte sich dabei immer seine verhasste Mutter vor. Anfangs gönnte er sich dieses Vergnügen einmal im Jahr, aber nach seiner nicht unbedeutenden Erbschaft, vor zwei Jahren, gab er sich diesem Genuss jeden Monat mit einunddreißig Tagen hin. Die Frauen interessierten ihn nicht. Sie hatten es schließlich verdient.

„Sie waren bloß Nutten“ und er zahlte schließlich dafür.

Vor sechs Monaten lernte Fanfarone einen der Clubbetreiber kennen. Jener machte das Angebot, ihm in Zukunft ‚freien Eintritt‘ zu gewähren. Natürlich lehnt er das Ansinnen entschieden ab, aber der Typ überzeugte ihn mit dem Abspielen von verschiedenen Filmen, wo der aufstrebende PHK, immer wieder den Hauptdarsteller spielte.

Ihm war sofort klar, dass eine Veröffentlichung der Aufnahmen, einer Vernichtung seiner Karriere gleich kam. Sie besaßen eine Menge Informationen über ihn. Im Gegenzug sollte er bei Bedarf, nur ein paar Informationen preisgeben. Er beugte sich diesen Forderungen, da er daran glaubte, dieses Problem kontrollieren zu können. Fanfarone setzte nie wieder einen Fuß in diesen Club. Mit seiner Versetzung nach Lübeck glaubte er, sich das Syndikat vom Leib zu halten. Bisher hatte er Nichts von ihnen gehört.

Bis heute.

Er sollte einfach nur Informationen zu der Wasserleiche übermitteln, die gestern aus der Ostsee abgeborgen wurde. Mehr nicht.

Heute früh wurde ihm mitgeteilt, dass der Fall einer Oberkommissarin der WaschPo Travemünde übertragen worden ist. Seine Abteilung war mit dem gestrigen Raubmord ausgelastet, hieß es. PHK Diego-Götz Fanfarone war genervt. Natürlich konnte er sich in den Computer einloggen, aber das komplizierte die Sache ein wenig. Wenn er direkt den Zugriff auf diesem Fall gehabt hätte... - nun er wird der Oberkommissarin auf die Finger schauen. Schließlich betraf dies ja seinen mittelbaren Dienstbereich.

Obwohl innerlich aufgewühlt, bemühte er sich jetzt nach außen Besonnenheit zur Schau zu tragen. Seine Mitarbeiter waren vollständig versammelt. Somit eröffnete Fanfarone die Besprechung.

Er zitierte kurz Roches Feststellungen aus der Obduktionsakte, dass dem Wachmann der Kehlkopf mit einem harten Gegenstand zertrümmert wurde. Der Schlag führte ziemlich sicher schon zur tödlichen Verletzung. Selbst ein sofortiger qualifizierter Eingriff hätte seine Überlebenschancen nicht sonderlich erhöht. „Was sagt uns das ?“ fragte er in die Runde und gab gleich die Antwort. „Wir haben es mit einer brutalen Person zu tun, die den Tod fremder Individuen billigend in Kauf nimmt. Die Spusi hat seine Fingerabdrücke an einem Kaffeebecher sicherstellen können. Der Becher stand auf einem Kofferraum, in unmittelbarer Nähe des ersten Tatortes. Sie stimmen überein mit den Abdrücken im Geldtransporter, aber der Computer hat leider nichts ausgespuckt. Was habt ihr noch hinzuzufügen ?“

Detlef Schlumpberger ergriff das Wort.

„Aufgrund der Vorgehensweise, ziemlich sicher männlich, ausgestattet mit einer sehr ausgeprägten kriminellen Energie. Ich erinnere daran, dass dieser Transport nicht vorangemeldet war. Zum Alter kann Pit vielleicht vortragen.“ Er gab den Ball damit weiter an seinen Kollegen Pit Zag.

„Natürlich ist eine Altersspanne von zwanzig bis sechzig Jahren denkbar. Aufgrund des Ablaufes, erscheint es mir, dass der Täter nicht unerfahren in Gewaltdelikten ist. Daher tendiere ich dahin, die Spanne zwischen vierzig und fünfundfünfzig an zu setzen. Seine Erscheinung wird muskulös und nicht übergewichtig sein. Offensichtlich Raucher, da die Spusi frische Nikotinspuren an Schaltung und Lenkrad gefunden ha...“

„...ja-ja. Ist schon gut“ fuhr Fanfarone unwirsch dazwischen.

„Wir drehen uns laufend im Kreise. Habt ihr schon gecheckt, ob Fälle mit einer ähnlichen Vorgehensweise in einem der Fahndungscomputer gespeichert sind ? Schaut Euch mindestens die letzten zehn, besser zwanzig Jahre an und versucht endlich ein paar Zeugen auf zu treiben. Da muss doch jemand etwas gesehen haben. Es war doch tagh...“

Sein Diensttelefon klingelte und unterbrach die Sitzung. Es dauerte nicht lange. „Ja, stellen sie schon durch...“ und „Super, wir schicken sofort einen Beamten zu ihnen raus“ hörten sie ihren Chef sagen. „Endlich. Ein Zeuge hat sich gemeldet. Das übernehme ich persönlich. Schlumpberger, schließen sie sich mir an.“

029

Der Herbst meinte es offensichtlich gut mit uns. Am Himmel lachte die Sonne und die Temperaturen sollten sich laut Wetterdienst auf einundzwanzig Grad einpendeln. Zu Mittag war ich mit meinem XO und Dildo verabredet, zum Wasserski nach Süsel. Am Schluss der Segelsaison würde leider auch die Wasserskisaison zu Ende gehen. Die Zeit bis zum Mittag hatte ich schon verplant.

Jetzt nahm ich gerade den Zug vom Strandbahnhof nach Lübeck. Auf meinem Zettel hatte ich ein paar kleine Punkte, die ich abarbeiten wollte.

Nach zwanzig Minuten Fahrt rollte die Bahn in den Lübecker Hauptbahnhof. Da ich noch keinerlei Frühstück zu mir genommen hatte, erstand ich ein Franzbrötchen mit Rosinen vom Stadtbäcker Junge.

Alsbald schlenderte ich entspannt und kauend, entlang des Holstentorplatzes. Hier stand das Wahrzeichen der Stadt. Das spätgotische Holstentor, was noch viele von dem alten fünfzig DMark Schein her kennen. Nach der Überquerung der Brücke, über die Trave zur Alstadt, bummelte ich durch die rege Holstenstrasse, um dann links den Marktplatz zu queren, sodass ich beim Rathaus anlangte. Nicht das ich ins Rathaus wollte, aber hier residierte auch Niederegger, mit einem tollem Cafe und einem großen Ladengeschäft. Tatsächlich war das Geschäft mein eigentliches Ziel. Präziser der Eisverkauf. Wie immer kaufte ich zwei Kugeln, davon eine mit Zimt-Pflaume. Unerreicht.

In der Hüxstrasse suchte ich die kleine private Kaffeerösterei Kummerow auf, in der ich stets mehrere Packungen hausgemachten Schokoladenkaffee mitnahm. Bevor ich den Laden verließ, sog ich noch einmal den frischen Röstkaffeeduft ein. Anschließend luden die Auslagen der kleinen Geschäfte zum gelegentlichen Verweilen an.

In einem entdeckte ich einen meiner Lieblingsweine. Einen italienischen 2006-er Rotwein, Masi Costasera Amarone della Valpolicella. Diesen Wein gönnte ich mir nur zu besonderen Anlässen. Es wäre natürlich finanziell keine Frage, aber meine Schmerzgrenze für Rotweine lag bei round about zwanzig Euro. Dafür gab es klasse Weine. Dieser lag bei neununddreißig Euro die Flasche. Ich erwarb zwei Flaschen und hatte auch schon eine Idee, zu welchem besonderen Anlass das köstliche Getränk gereicht werden sollte.

Den unvergleichlichen Geschmack entwickelt der Wein aus antiken Traubensorten und seiner Herstellungsmethoden. Amarone wird durch Antrocknen der Trauben hergestellt. Am Anfang Oktober werden die besten Traubenhenkel aus den Weinbergen geholt und entweder auf Bambusregalen in Trockenspeichern oder in Stroh gelagert. Ende Januar wiegen die Trauben dann fünfunddreißig Prozent weniger und haben den Zucker stark konzentriert. Die Traube wird dabei von Edelfäule befallen. Anschließend erfolgt eine sanfte Pressung, sowie weitere achtzig Tage verschiedener Weiterbehandlungsprozesse und eine vierundzwanzigmonatige Eichenfassreifung, sowie nochmals eine viermonatige Flaschenreifung. Das schmeckt man dem Getränk auch an. Frische fruchtige Aromen mit einem Hauch von Schokolade und samtige Tannine.

Jede Flasche lässt sich locker fünfundzwanzig Jahre lagern, wenn man ‚gerade' kein Verlangen nach diesem Wein verspürt. Ich musste für die beiden Flaschen auf jeden Fall ein gutes Versteck ausfindig machen. Einmal im Fokus von Claus und Dildo, überlebten die beiden guten Tropfen keine vierundzwanzig Stunden.

Zweimal bog ich nun nach links ab und stand in der Fleischhauerstrasse. Dort befand sich ein kleiner, unmoderner Friseurladen. Hier war praktisch nie etwas los, daher benötigte ich auch keinen Termin. Der Friseur war bereits vierundachtzig Jahre alt und ohne seine dicke Brille beinahe Blind. Daher achtete ich penibel darauf, dass er diese auf der Nase hatte. Konversation fand praktisch überhaupt nicht statt, dafür wusste er genau, dass ich nur die Spitzen ein wenig nach geschnitten haben wollte.

Wie immer erledigte er seine Aufgabe ausgezeichnet und wie immer verlangte er nur drei Euro fünfzig. So konnte der betagte Mann natürlich nicht auf den sprichwörtlich grünen Zweig kommen. Ich wusste, dass er mit seiner schmalen Rente, gerade so, seine ohnehin nur geringfügigen Lebenskosten abdeckte. Deshalb bezahlte ich, wie alle acht Wochen, mit einem zweihundert Euroschein. Auch dieses Mal verabschiedete ich mich mit einem kurzen: „Danke, stimmt so".

Wie immer, schaute er mir dann stumm in die Augen und nickte unmerklich. Es war nie ein Thema zwischen uns.

Jetzt wollte ich nur noch einen Punkt erledigen. Das ließ sich ebenfalls bequem in der gleichen Strasse abwickeln. Die Türglocke klingelte beim Eintreten. Eine freundliche Verkäuferin kam gleich auf mich zu. „Sie sehen so aus, als wenn sie einen Blumenstrauß suchen" strahlte sie mich an.

„Nein, da liegen sie vollkommen falsch" gab ich zurück. „Ich habe eine Bitte. Machen Sie mir einen guten Preis für fünfundzwanzig Liter Javamoos, fünfhundert Portionen Sonnenblumensamen und fünfhundert verschiedene, winterharte Staudenpflanzen."

Verständnislos schaute sie mich an.

„Ich bin ihnen sehr dankbar, wenn wir das noch in der nächsten viertel Stunde klären können" holte ich sie höflich in die Wirklichkeit zurück. Stotternd hängte sie sich an das Telefon.

„Meine Chefin macht ihnen einen Gesamtpreis von eintausendachthundertfünfzig Euro. Wir können alles zu morgen Mittag bereitstellen. Da sie uns nicht bekannt sind, ist eine Anzahlung vo..."

„Abgemacht“ unterbrach ich sie. Ich zahle jetzt den gesamten Betrag und lasse es dann morgen Mittag mit der Quittung als Ausweisung abholen. Vielen Dank !“

Zufrieden machte ich mich auf den Rückweg. Jetzt musste ich auch los. Um dreizehn Uhr wollten wir zum Wasserskipark Süsel. Auf dem Weg zum Hauptbahnhof piepte ich Claus an. Er sollte die Abholung sowie die kaschierte Zustellung organisieren.

030

„Da schau, Madame hat sich tunen lassen“ feixte Hans „und das, obwohl du schon die schärfste Kommissarin im ganzen Land bist. Das wird doch nicht mit diesem ruchlosen Lebenskünstler zu tun haben ?“ setzte er nach.

In Stina Wallisons Augen blitzte kurz ein loderndes Feuer auf.

Ehe sie etwas Passendes erwidern konnte, kicherte Hans. „Habe ich wohl ins Schwarze getroffen, und, bevor du explodierst, selbst ein Blinder spürt, wie es zwischen euch vibriert.“

„Hans, das ist kein Thema ! Wir müssen unbedingt mehr Licht in unseren Fall bringen. Ich war heute Morgen bereits in der Rechtsmedizin. Die tote Frau war noch nicht einmal volljährig.“

Entgegen seiner inneren Stimme ermutigte er Stina. „Eben drum. Sie ist tot und du bist am Leben. Sie hat jetzt ganz viel Zeit und du solltest dich ein wenig mehr um dein Privatleben, dein persönliches Glück kümmern.“ Hans sah in Stinas erhitztes Gesicht und beeilte sich hinzuzufügen: „T’schuldigung, geht mich ja nichts weiter an. Dann schieß mal mit den Untersuchungsergebnissen los.“

POK Stina Wallison räusperte sich kurz und setzte ihren Kollegen in präzisen Sätzen ins Bild. „Ich sehe nach Lage der Dinge im Augenblick nur zwei Möglichkeiten. Die Frau wurde in eine Haushaltskühltruhe gelegt und dann später ins Wasser geworfen oder, und das erscheint mir ein wenig wahrscheinlicher, sie war in einer Kühlkammer, auf einem Frachter und wurde von dort über Bord gerollt. Allerdings werden da in vierundzwanzig Stunden eine Vielzahl an Frachtern in Frage kommen."

„Lasse uns doch mal den Faden weiterspinnen. Bestimmt können wir das beträchtlich eingrenzen, wenn wir die Strömungen und Windverhältnisse, der letzten vierundzwanzig Stunden berechnen und mit der Auffindungsposition in Bezug bringen. Ich werde mich darum kümmern und eine Liste, aller Schiffsbewegungen im fraglichen Zeitabschnitt, anfordern. Wollen wir einmal hoffen, dass nicht alle über eine Kühlmöglichkeit verfügen, in der ein Mensch Platz findet."

„Okay, dann übermittele ich Fotos der Frau an Interpol. So eine junge Frau muss doch Angehörige haben, die sie vermissen" beendete Wallison den Austausch.

031

Nach fünfundzwanzig Minuten Fahrt, rollte der zivile Dienstwagen mit Fanfarone und Schlumpberger über die Strasse Auf dem Baggersand, die parallel zum Fischereihafen verläuft. Sie hatten Glück, denn sie bekamen den letzten Platz auf der Fähre ‚Pötenitz', die ihr Auto sicher auf den Priwall übersetzte. Bis hierher herrschte Schweigen im Auto. Nicht ein eisiges Schweigen, aber eben ein Schweigen. So, als wenn ein endlos, lange Jahre verheiratetes Ehepaar, sich nichts mehr zu sagen hatte. Der Unterschied zu ihnen beiden war, dass sie sich noch nie etwas zu sagen hatten. Schlumpberger fiel auch gar nichts ein, worüber er mit seinem Vorgesetzten hätte sprechen können. Zu Verschieden waren sie. So hing jeder still seinen eigenen Gedanken nach.

Erst auf der Fähre brummte PHK Fanfarone ihm kurz angebunden zu. „Sie halten sich zurück. Ich vernehme den Zeugen.“

„Super“ fragte sich Detlef Schlumpberger. „Wozu bin ich eigentlich mit ?“

Sie parkten den Wagen seitlich neben der Auffahrt und fragten an der Empfangsstelle des Rosenhofes nach Seidel, ihrem Zeugen. Dabei wiesen sie sich kurz aus und man bat sie, sich einen Moment auf der Sitzgruppe zu platzieren. Die Atmosphäre war gediegen und freundlich. Sie erinnerte beinahe an eine Hotellobby. An der gegenüberliegenden Wand befand sich eine Informationstafel. Es bewegten sich nur wenige Bewohner durch die Lobby.

Gong.

Wir blickten in die Richtung des gedämpften Tones. Eine Fahrstuhltür öffnete sich und zwei ältere Herren schoben mit ihren Gehwagen hinaus in die Lobby.

„Wie lange sollen wir hier denn noch warten“ murrte Falfarone. „Wir verbringen noch früh genug unsere Zeit im Altershei...“

In dieser Sekunde schepperte einer der beiden Männer mit seinem Rollator in die Rückenlehne von Fanfarone. Schlumpberger musste grinsen und erntete sofort einen wütenden Blick. „Können sie denn nicht aufpassen, sie Trampel“ herrschte er den verdatterten Rollatorpiloten an, welcher inzwischen auf der Sitzgruppe nach seiner Brille tastete.

Eine Mitarbeiterin eilte sofort herbei. „Herr Seidel, haben sie sich etwas getan ?“

Ups !

„Oh, Herr Seidel. Entschuldigen Sie meine Unhöflichkeit, aber wir sind aufgrund der Umstände etwas angespannt“ versuchte Fanfalrone die Situation zu retten. „Wir haben eine Verabredung mit ihnen. Ich bin PHK Fanfarone und neben mir steht mein Kollege Kommissar Schlumpberger.“

„Ah ja, die Herren Kollegen beehren mich“ sprach Seidel leise und langsam. „Guten Tag Herr, äh... Farone.“ Er gab Schlumpberger dabei seine zittrige Hand und wandte sich dann an den vermeintlichen Kollegen Fanfarone, der jedoch Schlumperger war.

Mit säuerlicher Miene korrigierte Fanfarone den alten Mann.

„Ähem... ja, das, äh... passiert mir jetzt immer häufiger. Ich kann doch, äh... mit zweiundneunzig Jahren nicht mehr so. äh... scharf sehen.“

Falfarone sog hörbar die Luft ein. „Herr Seidel. Bitte erzählen Sie uns, was Sie gestern beobachtet haben.“

„Ähem..., gerne. Ich helfe wo ich kann. Schließlich, ähem... war ich Jahrzehnte, äh... lang, äh... als Teamausbilder beim Bundesgrenzschutz, ähem... tätig. Ich saß draußen vor, ähem... der Alten Vogtei und trank dort, wie so häufig, ähem... meinen Kaffee. Da brauste mit, ähem... quietschenden Reifen der, äh... braune Lieferwagen an meinem Platz, äh... vorbei. Auf dem Beifahrersitz habe ich, äh... eine rothaarige Frau, deutlich erkannt. Wenn ich fünf Jahre jünger gewesen wäre, dann hätte ich ....“ Die Stimme von Seidel versagte, nachdem er zuletzt fließender sprach.

Irritiert fixierte PHK Fanfarone Seidel. „Herr Seidel. Sagen Sie mir bitte, woran haben Sie erkannt, dass eine Frau auf dem Beifahrersitz saß ?“

„Also Herr Kollege“ krächzte er „nur Frauen haben doch rote Haare. Aber...“

„Danke ! Sie haben uns sehr geholfen, Herr Seidel“ sagte PHK Fanfarone blasiert. „Wir wünschen noch einen angenehmen Tag.“ Gleichzeitig gab er Schlumpberger ein Signal zum prompten Aufbruch. „Einsam, Hobbypolizist und blind, schlimmer geht's nimmer“ schimpfte er wieder im Wagen sitzend.

Komisch, wunderte sich der alte Herr. Er war doch noch gar nicht ganz fertig mit seiner Aussage. Vorne auf dem Armaturenbrett hatte er eine Wendejacke von H2O ausgemacht, Genau die gleiche, welche ihm sein Enkel Ole, im letzten Jahr zu Weihnachten geschenkt hatte.

032

„Was ist der Unterschied zwischen einem ICE und einem Penis ?“ fragte uns Dildo, als ich unseren Wagen von der A1 bei Eutin, auf die B76 lenkte. Claus und ich schauten uns ratlos an.
„Na, habt Ihr schon mal versucht, einen ICE durch Blasen zum stehen zu bringen ?“ prustete er lachend los.

Herrlich. Das lieben wir so an ihm. Dildo ist immer so lebensbejahend und mit positiver Energie geladen. Außer seiner natürlichen Gabe, permanent Damen zu becircen, übte er in der Regel einen Beruf, als Ingenieursgenie in der Getriebeentwicklung, in Wolfsburg aus.

Claus machte mir unterdessen den Vorschlag, ich solle doch einmal meine Narbe im Gesicht, einer kosmetischen Operation unterziehen. Laut seiner Einschätzung wird es dort nicht mehr jucken und wir nicht immer über Leichen stolpern. Ich verließ die B76, um auf die L309 zu gelangen. Vierzig Meter vor mir rollte ein cremefarbener Mini Cooper Cabrio auf die Kreuzung zu, wo schon ein roter Mercedes stand. In dem Fahrtwind flatterten die langen blonden Haare der Lenkerin. Ich schaute prüfend in den Rückspiegel, um mich zu vergewissern, dass der Transporter hinter uns auch abbrem…

„Mann, der hat wohl seinen Führerschein in Ägypten gemacht“ lästerte Dildo plötzlich los. „Da genügt es, sechs Meter vor- und sechs Meter rückwärts zu fahren.“

Die junge Dame schien auf den Mercedes aufgefahren zu sein. Sie saß ganz verdattert hinter dem Lenkrad. Zwei südländisch aussehende Männer stiegen aus und standen gerade neben dem Mini, als wir hinter diesem zum Stehen kamen. „Is ja krass. Das iest Schaden von miendestens fümftausend Kraacher. Mädchen, musst Du bessar aufpassen“ hörte ich, als Dildo schon aus unserem Wagen sprang.

„Wie ? Ich stand doch schon hinter Euch, als…“

„Mach ma voll Stopp, ja ? Biest schöne Braut ! Aber biest in Auto gebuumst. Niex auf Bremse. Ich schwör !!“

„Ich auch schwör“ redete der zweite Mann aus dem Mercedes auf die erschrockene Frau ein. „Wird teu...“

„…Hey ihr beiden Vollpfosten“ platzte es aus Dildo heraus. „Ich habe beobachtet, dass ihr Eure Karre mit Absicht, rückwärts in den Mini gehämmert habt.“

„Bieste Wiexer oder was ?“ reagierte der Fahrer aggressiv.

Dildo kümmerte sich nicht weiter um die beiden Mercedesfahrer. „Geht es Ihnen gut ? Kann ich Ihnen behilflich sein ?“ fragte er ritterlich.

Während dessen ich schon die Polizei anforderte, registrierte ich, dass die Blondine nicht nur bildschön war, sondern schluchzend an Dildos Schulter hing. Ich führte noch rasch ein zweites Gespräch. Claus fotografierte unterdessen den Unfallort.

„Ich fück Deine Mutt…“

„…Jetzt reicht es“ fuhr ich dazwischen, ehe die Situation zu eskalieren begann. „Die Polizei ist unterwegs. Ah, da kommt sie ja schon.“

Die Polizisten wurden gleich mit einem lauten Redeschwall, der beiden Mercedesfahrer, empfangen. „Immer der Reihe nach“ schnarrte der ältere Beamte mit fester Stimme und nahm alle Aussagen zu Protokoll. Sein Kollege fotografierte unterdessen. Als nächstes forderte er einen Abschleppwagen an. Erstaunt wurde Dildos Aussage aufgeschrieben.

Mein Handy klingelte. „Ja Daniell ?“ meldete ich mich, da sein Bild auf dem Display zu seiner Rufnummer, hinterlegt ist. „Das ist ja sehr interessant“ bemerkte ich. „Okay und vielen Dank. Keep in touch, ciao“ verabschiedete ich ihn.

Unterdessen nahte ein hiesiges Abschleppunternehmen. Ich bat den protokollierenden Beamten kurz zur Seite. „Nun, fragen Sie bitte nicht wie, aber ich habe meine guten Kontakte genutzt und den Halter, aufgrund des Zulassungskennzeichen, durchleuchten lassen.“ Der Verkehrspolizist hob die Augenbrauen. „In den letzten zwei Jahren sind dem Halter bereits sieben identische ‚Verkehrsunfälle’ passiert.“

„Na so was“ brummelte der Beamte. „Mit der Aussage von Herrn Dino Hopf bekommen wir ihn dran. Danke. Wenn Sie mir bitte auch ihre Personalien geben, dann sind wir hier für heute fertig.“

„Lisa wird mit uns zum Wasserski fahren“ strahlte Dildo. „Ich werde ihr eine persönliche Unterweisung geben. Danach können wir sie doch kurz zuhause in Wilmsdorf absetzen ? Ist am Hemmelsdorfer See und liegt quasi auf dem Weg.“ Er kam dichter an mich heran und flüsterte. „Ich glaube, ich habe mich gerade unsterblich verliebt.“
Holla die Waldfee

Immerhin schafften wir es, um vierzehn Uhr dreißig auf dem Wasser zu sein. Außerhalb der Ferien waren um diese Zeit noch nicht viele Fahrer am Seil. Richtig Stau gab es hier selten, denn der Wasserskipark mit seinen drei Kabelanlagen entzerrte jeden Ansturm. Die vierundzwanzigjährige Lisa stellte sich sehr talentiert an. Ihre Fortschritte waren beachtlich. Dank Dildos unermüdlichen Einsatzes, schaffte sie viermal drei Runden am Stück. Vor lauter Begeisterung merkte er gar nicht, dass er zwar bezahlt, aber überhaupt keine Runde gefahren war.

Claus, auf dem Monoski und ich, auf dem Wakeboard, fuhren zwanzig schnelle Runden. Jeweils fünf am Stück. „Das wird mir im Winter fehlen“ seufzte Claus und schüttelte sein nasses Haar.

„Da wird uns schon etwas einfallen“ ermunterte ich ihn. „Schau mal. Dildo, der erscheint mir besinnungslos vor Liebe. Wie schnell das immer bei ihm geht. Seine Lisa wird wohl morgen keinen Telefonhörer mehr halten können. Arme Lisa“ lachte ich.

„Armer Dildo“ spottete Claus.

Nach dem Duschen, tranken wir noch gemeinsam einen Cappuchino und beobachteten die anderen Wasserskifahrer. Die Anfänger versenkten sich, zur Belustigung der kleinen Zuschauermenge, in den meisten Fällen direkt vor der Sonnenterrasse. Wakeboarder glitten und sprangen über Hindernisse, so genannte Obstacles, also Kicker, Slider und Tables. Die Cracks fuhren größtenteils auf der Bahn drei. Dort sind die Masten höher und erlauben höhere Sprünge. Lisa wurde derweil vom Nachbartisch, von einem sehr galanten alten Herrn, in ein Gespräch verwickelt. Er flirtete offensichtlich mit ihr und Lisa ging auf seine Scherze ein.

„Der baggert mein Mädel an“ sagte Dildo fassungslos zu uns.

Der Mann musste das gehört haben und wandte sich an Dildo. „Ich werde im Oktober neunzig Jahre, aber glaube mir, ich möchte noch nicht sterben. Ich bin so neugierig, wohin die Welt sich weiter entwickelt und das, was Du siehst, ist nur meine Hülle – im Kopf bin ich so alt wie Du !!“

Dildo sagte im ersten Moment gar nichts. „Das ermutigt mich enorm“ brachte er nur heraus, nachdem ihm die Aussage einleuchtete.

Der alte Mann zeigte derweil ein fröhliches Gesicht. „Schon Billie Burke sagte treffend, das Alter spielt keine Rolle, außer Du bist ein Käse.“ Kichernd verabschiedete er sich und schlurfte zurück ins Cafe. Es schien, als hätte Dildo seinen Meister gefunden.

Auf der Rückfahrt alberten die Beiden auf den hinteren Sitzen herum, tauschten ihre Telefonnummern aus und flüsterten sich, was auch immer, zu. In Ratekau fuhr ich von der A1 und kurze Zeit später standen wir vor einem großen Hof in Wilmsdorf. Rasch verabschiedeten wir uns von Lisa und weiter ging es Richtung Travemünde.

Dildo war ungewöhnlich still.

„Das hat Dich ja ziemlich erwischt“ prustete Claus auf einmal los.

„Ich bin schon kuriert“ wehrte er ab. „Sie will unbedingt heiraten und drei Kinder. Habt ihr den Hof gesehen ? Ich will kein Bauer werden. Meine wenige Kohle kann ich selber verbraten. Dazu brauche ich keine Regierung, Bank, Versicherung, Frau und schon gar nicht Kinder“ beschwerte sich Dildo.

Claus lachte laut auf. „Gib Dir eine reelle Chance, sie näher kennen zu lernen. Ansonsten übertrumpfst du dich selber. Machst schon Schluss, bevor es angefangen hat.“

033

Gemeinsam beobachteten POK Wallison und ihr Kollege Hans die Computersimulation.

„Es tut mir leid Stina.“ Hans schüttelte dabei enttäuscht den Kopf. „Unsere Computer schaffen das nicht. Wie auch. Sie sind definitiv zu alt. Die Rechenleistung ist viel zu schwach. So wird das nichts. Wenn wir moderne…“

„…Haben wir aber nicht“ unterbrach ihn Stina unzufrieden. „Meine Computeranfrage hat auch noch kein brauchbares Ergebnis erbracht. Da leben wir im Computerzeitalter und was nutzt es uns ? Meinst Du, wir können die Strömungsbedingungen an Hand von bekannten Daten ermitteln ?“

„Das wird schwierig. Die Daten sind viel zu komplex und beeinflussen sich zum Teil gegenseitig. Das lässt sich nur per Computer darstellen. Selbst dann haben wir noch eine Abweichung von fünf bis fünfzehn Prozent. Es stellt nur einen Trend dar, aber besser als gar nichts.“

Hans blickte seine Chefin an und stellte wieder einmal fest, wie attraktiv sie war. Unerreichbar für ihn. Sie war gute fünfzehn Jahre älter, als seine Freundin Eva, aber sie konnte es locker mit ihr aufnehmen. Eva arbeitete als Anwaltsgehilfin. Sie führte den Haushalt sehr sorgfältig, schminkte sich nicht, kleidete sich unauffällig und verbarg ihre ansehnliche Figur. Dazu introvertiert. Sie wirkte auf Fremde melancholisch. Die wenigen Freunde witzelten immer, sie ähnelte mehr einer grauen Maus. Genau das schätzte er so an ihr. Er brauchte Verlässlichkeit. Sie würde ihn nicht enttäuschen. Sie war sein treuer Schatz. Heimlich ließ Hans noch einmal die Kurven von Stina auf sich wirken. Zuweilen erfasste ihn eine unerklärliche Eifersucht, wenn er bemerkte, dass Stina sich zu anderen Männern hingezogen fühlte.

„So wie zum Beispiel zu diesem Lebenskünstler Jörg Illmer“ dachte er verächtlich. „So ein Hallodri. Der saß andauernd in der Marina des Lübecker Yachtclubs, zu Zeiten, wo jeder anständige Mensch arbeiten musste. So eine Segelyacht war auch nicht gerade billig und dazu seine ständigen Verwicklungen in bedenkliche Ereignisse. Das war keiner für Stina."

Erst im August wurden Hans und drei seiner Kollegen morgens um sechs Uhr dreißig in den Passathafen gerufen. Von dort ging ein Notruf ein, nachdem eine Frau gellend um Hilfe gerufen hatte. Es stellte sich heraus, dass dieser Hilferuf von der ‚Off-limits' kam. Eine Überprüfung vor Ort ergab, dass ein weiblicher Gast, angeblich innerhalb eines Albtraumes, um Hilfe rief. Sie gab zu Protokoll, ihr wäre gerade im Traum die Geldbörse geraubt worden. Die Kollegen konnten nichts Gegenteiliges feststellen, obwohl die Frau eine kleine blutige Stelle an der Lippe aufwies. Dazu hielt sich dieser Jörg Illmer, bei den Passatmorden im Mai, fast immer in unmittelbare Nähe auf. Auch hier konnte man ihm keine Beteiligung nachweisen - was ja nicht unbedingt etwas heißen musste. Wie auch immer. Er hielt stets ein Auge auf ihn.

Angestrengt versuchte Hans sich, wieder auf die eigentliche Materie zu konzentrieren. „Welche bizarren Exkurse er sich doch manchmal gestattete" wunderte sich Hans. „Er war doch glücklich liiert – oder nicht ? Stina war wie eine Schwester für ihn. Würde er mit ihr schlafen – da war wieder dieser unerwünschte, aber erregende Gedanke - käme das für ihn einem Inzest gleich." Verwirrt wandte er sich wieder den Seekarten zu. Er arbeitete wirklich gerne.

„Stina, kommst Du bitte einmal" rief der diensthabende Wachdienstleiter. „Hier ist gerade eine Meldung von einem Fischer rein gekommen. Er hat vor dem Priwall seine Reusen kontrolliert. An einer seiner Markierungswimpel, scheint sich eine Leiche in einem Plastiksack verhakt zu haben. Zumindest meint er, eine Hand gesehen zu haben. Du solltest mit raus fahren. Die ‚Greif' wird schon angeworfen."

„Nein, nicht noch Eine" stöhnte Wallison. „Hans, du kommst bitte auch mit." Stina Wallison schnappte sich ihren dicken Dienstpullover und streifte diesen im Gehen über. Die obligatorische Rettungsweste zog sie an Bord an.

Keine zwei Minuten später legte die ‚Greif' bereits in Richtung Priwall ab. „Das Fischerboot heißt ‚Heike', aber da wird eh nur ein Fischerboot vor Ort sein" sagte sie zum Steuermann. „Hoffentlich hat sich der Fischer geirrt." Sie wandte sich an Hans. "Du machst schon einmal das Kontrollboot fertig."

Es bestand kein Zweifel, nachdem sie den schwarzen Plastiksack an Bord genommen hatten. Eine zarte Hand streckte sich ihnen entgegen. Abermals bekamen sie es mit einer toten Frau zu tun. Deutlich zu erkennen waren die Würgemale am Hals der jungen Frau. „Ihre Todesursache sieht auf dem ersten Blick anders aus, als bei dem Mädchen von gestern. Somit haben wir es wenigstens nicht mit einem Serienmörder zu tun" merkte Hans an.

„Das Ergebnis bleibt für die beiden Frauen trotzdem gleich" äußerte Wallison trocken. „Warten wir erst einmal die gerichtsmedizinische Untersuchung ab." „Das wird heute nichts mehr mit pünktlich Feierabend machen. Ich muss York absagen" dachte sie bekümmert.

034

Im Lübecker Morddezernat, dem MD.1 der Kriminalpolizeistelle in der Possehlstraße, herrschte eine angespannte Stimmung. Die Ermittlungen im Falle des Raubmordes von Travemünde traten auf der Stelle. Wider Erwarten, eines beträchtlichen Aufgebotes von Beamten, war der Täter offensichtlich nicht auffindbar. PHK Diego-Götz Fanfarone stand mächtig unter Druck. Der Polizeidirektor, der Staatsanwalt, der Bürgermeister nebst Innensenator, verlangten eine rückhaltlose und schnelle Aufklärung. Die

Presse belagerte die Telefonzentrale und die Familie des Opfers forderte lautstark Vergeltung.

Aus Hamburg kannte er so eine Reaktion nicht. Da war die Bevölkerung mehr oder weniger an Morde gewöhnt. Hier in Lübeck vielmehr die Ausnahme. So fielen hier die Reaktionen entsprechend heftiger aus. Intuitiv erkannte er, dass so etwas ein schnelles Karrieretief nach sich ziehen konnte. Er war froh, bereits einen Sündenbock ausgemacht zu haben.

Seine Taktik war einfach. Ablenkung. Er deutete an den richtigen Stellen an, dass das SEK die vermeintliche Schwachstelle war, insbesondere der Leiter der Einheit. Fanfarone gewann den Eindruck, dass sein Manöver Früchte trug. Die Presse fütterte er indirekt mit kleinen Informationen. Den Rest würde der Vater seines Patenkindes erledigen. „Der Pate von Lübeck“ ging ihm durch den Kopf. Er lächelte das erste Mal an diesem Tag, wenn auch nur still in sich hinein.

Er - der Pate von Lübeck. Das gefiel ihm irgend-wie.

Die Anfrage aus Hamburg hatte er schon mittags souverän erledigt. Es war ein Leichtes für ihn, sich über die laufenden Ermittlungen zu informieren. Den Reaktionen nach zu urteilen, zeigte sich der Clubbetreiber sehr zufrieden. Fanfarone frohlockte. In diesem Fall hatte er alles im Griff. In der Presse erschien aufgrund der wenigen offiziellen Informationen, nur eine kleine Randnotiz. Eine Berichterstattung über den gestrigen Raubmord war, aufgrund des frühen Redaktionsschlusses in den Lübecker Printmedien, noch nichts zu finden. Das würde sich morgen, nicht zuletzt durch seine gezielten Indiskretionen, ändern. Darauf freute Fanfarone sich schon. Gelöst verließ er sein Büro und schritt zum Getränkeautomaten. Einen frischen Kaffee hatte er sich jetzt verdient.

Er warf einen Euro in den Schlitz. Klimpernd durchlief die Münze den Geldschacht, aber es tat sich nichts weiter. Ärgerlich schlug Fanfarone an die Außenwand des Automaten.

Nach dem dritten Schlag trat er mit dem Fuß dagegen. Zufrieden nahm er jetzt ein pulsierendes Summen wahr. Verdrossen musste er feststellen, dass dieses Summen von seinem Handy herrührte.

Die Rufnummer wurde nicht angezeigt. Gereizt nahm er das Gespräch entgegen. Mit aufsteigender Unruhe vernahm er wieder die eisige Stimme des Clubchefs. Offenbar gab es eine zweite Wasserleiche. Somit hatte er die außerordentlich gut informierte Mafia aus Hamburg erneut im Nacken. PHK Diego-Götz Fanfarone fröstelte nach dem Gespräch und verzichtete auf seinen Kaffee, obwohl der inzwischen doch noch seinen Weg in den Plastikbecher gefunden hatte.

Er brauchte etwas Stärkeres.

035

Am Spätnachmittag frischte der Wind wieder ein wenig auf und das kleine graue Versetzboot des Lübecker Yacht Clubs, die Mary, schaukelte gemütlich zwischen den Wellen auf der Trave. Am Steg B herrschte noch verhaltene Geschäftstätigkeit. Das würde sich in einer dreiviertel Stunde ändern, denn jeden Mittwoch fand um achtzehn Uhr, die Mittwochsregatta statt. Eine Trainingsregatta, an der Jeder teilnehmen durfte. Das Startfenster ist genau um Achtzehnnullnull, zwischen der Fahrwassertonne Drei und Vier, vor der Travemündung. Der erste Wendepunkt liegt bei Brodten Ost, dann ging es weiter bis zur Ansteuerungstonne des Fahrwassers Travemünde und nach der korrekten Umrundung, genauso wieder zurück. Mich persönlich reizten Regatten zwar nicht, aber die Geschichten, welche um Regatten und ihre Teilnehmer rankten, hörte ich mir gerne an.

Der Ehrgeiz treibt so Manchen zu unlauteren Methoden. Da wurde schon der eine oder andere Anker im Hafenbecken versenkt, nur um Gewicht zu sparen. Gerne wird auch mal der Motor begleitend angeworfen, sofern die Kontrahenten nicht in Sichtweite sind. Rund um die Vermessung gibt es ebenfalls genügend Tricks zum Betrügen.

Im letzten Jahr wurde ich auf einem Start-Zielschiff selber Zeuge einer solchen Täuschung. Das mit drei Personen besetzte Regattaschiff, kürzte in unzulässiger Weise, die vorgeschriebene Strecke ab. In dem sie bei rauen Wetterbedingungen und keinen sichtbaren Rivalen eine Wendemarke nicht rundeten, sondern gleich diagonal in die Endetappe einschwenkten, ersparten sie sich mehrere Minuten Segelzeit. In der Wertung ‚nach berechneter Zeit' wird die ‚tatsächliche Zeit' mit dem festgelegten Handicap verrechnet, das heißt, eine schnellere Segelyacht, die eine schlechtere Vergütung besitzt, muss entsprechend früher im Ziel sein. Das soll es möglich machen, dass unterschiedlich große Segelyachten, auch gegeneinander segeln können. Dieses mogelnde Team hatte wohl nicht damit gerechnet, dass es vom Zielschiff so genau beobachtet wurde, da es noch eine Seemeile entfernt war. Unsere Position und der Winkel zum korrekten Wendepunkt, befanden sich in so einer optimalen Linie, dass wir den Regelverstoß zweifelsfrei erkennen konnten. Als die Crew daraufhin disqualifiziert werden sollte, beschimpften sie uns auf das Übelste. Die Crew bestand aus zwei Männern und einer Frau, jenseits der sechzig. Alter schützt vor Betrügereien nicht.

Unter fairen Sport verstehe ich etwas anderes.

Unsere nassen Wasserskisachen hängten wir über den Großbaum zum Trocknen auf. Mit den Schuhen stand ich gleich in zwei großen Wasserlachen. Aus der CD-Anlage erklang dabei Stefan Waggershausen mit seinem Song ‚Der alte Wolf wird langsam grau'. Ich mochte viele seiner Songs, besonders die melancholischen, Blues durchsetzten Stücke. Im letzten Jahr hatte er, nach fast fünfzehnjähriger Pause, ein neues Album vorgestellt und…

…mein Handy klingelte.

Die Jacke mit dem Handy lag noch auf der Bierkiste am Steg. Wie immer sprang ich die eineinhalb Meter vom Bug auf die Stegbohlen. Noch in Gedanken und von dem Klingeln abgelenkt, übersah ich, dass die nassen Neoprene den Steg vor dem Boot gewässert hatten. Dies wiederum hatte zur Folge, dass das Holz feucht und glitschig war. Die Lage beim Sprung ist nicht lotgerecht, eher in einer gefühlten fünfundvierzig Grad Schräge. Beim Kontakt auf den glitschigen Bohlen, rutschte ich rückwärtig und fiel vom Steg ins Wasser.

Platsch.

„Wenigstens warm“ ging mir unter Wasser durch den Kopf. Als ich auftauchte, brauchte ich für den Spott nicht zu sorgen. Dildo schüttete davon Eimerweise auf mich und bekam sich vor lauter Lachen kaum mehr ein. Recht hatte er. Wer so blind von Bord geht, den bestraft halt das Leben. Das Handy klingelte noch immer. Mit einem Zug schwamm ich an den Steg und wollte mich aus dem Wasser schwingen. Erstaunt stellte ich fest, dass dies, aufgrund des glitschigen Bewuchses, unmöglich war.

„Shit, wie soll ich denn da alleine raus kommen ?“ fluchte ich. Schnell stand Claus mir beiseite und gab mir Hilfestellung. „Claus, stelle Dir jetzt einmal vor, es ist April, das Wasser noch richtig kalt und niemand in der Nähe. Da hast Du ein echtes Problem.“

„Viel Zeit bleibt da jedenfalls nicht, das Problem zu lösen. Wenn die Person dann noch untrainiert oder schon älter ist, ist sie dem Tod näher, als dass ich eine Maas Bier auf Ex trinken kann“ fügte Claus an.

„Dann aber lieber im Bier ersaufen, als in der Ostsee. Prost“ höhnte Dildo und setzte sich eine Flasche Becks an die Lippen.

Das Handy läutete nun nicht mehr. Mit feuchten Händen fingerte ich es aus meiner Jacke. Stina stellte ich fest. Im gleichen Moment ertönte ein sms Hinweis. Wieder Stina.

„Verzeih, Ess schieben. Muss i d R-medi. 23h wieder OW207 ? KussS“ las ich. Kurz tippte ich eine Antwort ein.

„Claus, jetzt bin ich sowieso schon klatschnass, da kann ich auch kurz die Schraube von den Pocken befreien. Dauert nur zehn Minuten. Hole mir bitte eine Flasche und meinen Bleigürtel aus der Bilge.

Zehn Minuten später inspizierte ich den Antriebspropeller und schabte den Muschelbewuchs von den Blättern. Bis auf die Messingschraube sah das Unterwasserschiff noch einwandfrei aus. Das Antifouling wehrte den Bewuchs ab. Starker Muschelbewuchs bremst ein Schiff gnadenlos ein. In der Berufsschifffahrt ist das ein Riesenproblem. Wer diese Knacknuss umweltverträglich löst, wird ein Vermögen verdienen.

Die Arbeit unter Wasser war schnell erledigt. Claus hievte mein Jacket mit der Flasche an Bord, so dass ich bequem über die Heckleiter auf das Schiff zurückkam. Rasch zog ich mit etwas Trockenes über und verstaute die Ausrüstung unter Deck. Inzwischen hatte Claus einen Kaffee aufgebrüht, den wir jetzt, zusammen mit Keksen, im Cockpit zu uns nahmen. Einige Möwen flogen vereinzelt zwischen den Booten, kreischten dabei und zogen unsere Aufmerksamkeit auf sich.

Diese kunstfertigen Flieger können ziemlich dreist und aufdringlich sein. Mehrmalig habe ich schon beobachtet, dass sie Pommes Frites aus der Tüte von essenden Passanten räuberten. Diese Küstenvögel können bis zu zwei Kilogramm wiegen und eine Spannweite von bis zu einen Meter sechzig erreichen. Da ist Respekt angebracht. Infolgedessen verbarg ich die Kekse vor ihren Blicken.

Das kleine Boot vom Hafenmeister näherte sich der ‚o.li‘. „Mann York“ begann der Hafenmeister „wolltest du erst ohne Ausrüstung tauchen gehen ?“ fragte er belustigt.

„Meine Kleidung brauchte eine Wäsche und irgendwo muss ich ja anfangen zu sparen."

„Zumindest verschwinden so keine Socken. Ich habe zuhause jede Menge Einzelsocken und niemand weiß, wo der passende Zweite hingekommen ist, ha-ha. Hauptsache Du hast Dich nicht verletzt. Wir sehen uns, tschüß." Schon tuckerte er weiter.

„Hey Skipper" rief mir jetzt Jack vom Steg aus zu. „Wie sieht es aus, magst Du mit uns die Mittwochsregatta segeln ? Der Wind frischt gerade etwas auf. Morgen Vormittag soll hier ein kleines Tiefdruckgebiet durchziehen. Henk und Hippo sind auch dabei. Dann haben wir Zeit zum plaudern. Was ist mit Claus und Dildo ?"

„Hi Jack. Ich warte eigentlich auf Hier. Allerdings wollte der schon um siebzehn Uhr an Bord sein."

„Wie, der Hier ? Der taucht doch sowieso wieder nicht auf" versuchte er mich schmunzelnd zu überzeugen.

Da hatte Jack wohl Recht. Hier hatte sich schon mehrmals angekündigt. Er will gerne mitsegeln, aber er schafft es einfach nicht. Irgendetwas tritt immer dazwischen. Hier ist nie da. „Vielleicht hast Du Recht. Ich nehme meine Kamera mit. Claus und Dildo, wie sieht es mit Euch aus ?"

Claus sagte sofort zu und Dildo hatte noch ein Date. Dafür beabsichtigte er noch, sich gehörig raus zu putzen. Schnell hatten wir Jacks Segelyacht soweit klar, dass wir ablegen konnten. Aus der Abdeckung des Passathafens kommend, empfing uns ein Ostnordost Wind mit vier bis fünf Beaufort. Das versprach eine Welle von rund einen Meter fünfzig. Unter Motorbetrieb schoben wir gegen den Wind, an der eisernen Lady und inzwischen hundertjährigen Passat vorbei. Aus der Entfernung sahen die Anker, der 1911 gebauten Viermastbark, nicht so wuchtig aus, als wenn man direkt vor ihnen stand. Immerhin brachte jeder Anker, ein Gewicht von drei Komma fünf Tonnen auf die Waage. Das entspricht etwa dem

Gesamtgewicht von drei VW Beetle. Diese Last musste, mangels vorhandener Motoren, manuell gelichtet werden. Ein ausgeklügeltes System einer Art Riesenwinsch, damals Spill genannt, wurde von mindestens vier Männern, zur Aufnahme der Ankerkette betrieben. Dazu steckten sie Spillhaken, bis zu zwei Meter lange Hölzer, in die vorgesehenen Öffnungen. Um sich von der eintönigen Arbeit abzulenken und den Rhythmus einzuhalten, sangen sie dabei Shanties.

Wir hatten es da heute wesentlich komfortabler. An der Travemündung setzten wir die vorbereiteten Segel durch. Vier Minuten blieben noch bis zum Start, sodass wir noch eine kleine schnelle Wende fuhren. Drei bunte Kiter vergnügten sich derweil im Wasser vor dem Priwallstrand und einer von ihnen legte beeindruckende Sprünge hin. Sechzig Sekunden vor dem Start, erteilte Jack die Kommandos zum dicht holen der Segel, um dann mit maximalen Speed, sekundengenau über die Startlinie zu laufen. Heute nahmen nur sieben Boote an der Trainingsregatta teil. Die drei Folkeboote blieben schnell im Heckwasser zurück. Für die schönen kleinen Langkieler waren auch lediglich die Boote ihres Typs relevant. Offensichtlich fühlten sie sich in der Ostseewelle wohl. Unsere drei heutigen Konkurrenten waren eine Luffe 43, eine Grand Surprise und eine Dehler 34. Mit Henk verfügte Jack über einen hervorragenden Segelpro an Bord, der aus dem Fundus seiner reichhaltigen Erfahrungen schöpfte und diese an die Crew in praktischen Happen weitergab. Die anderen drei Schiffe ließen sich dennoch nicht so einfach abhängen, da sie alle mit eingespielten Teams unterwegs waren. Bis auf die paar Regattaboote schien die Lübecker Bucht verlassen.

Mit sieben Komma neun Knoten kämpften wir gegen den Wind an. Das Wasser spritzte in hohem Bogen auf das Vorschiff. Die Sonnenstrahlen beleuchteten die Szenerie von schräg hinten. Ideal. Schnell stellte ich meine Fotokamera scharf und schoss ein paar Serien, wobei die Bilder durch die schäumende Gischt, eine phantastische Dynamik erhielten. Vor der Wendetonne lag die Luffe noch kurz vor uns, aber durch ein schlaues Manöver, erarbeitete Henk uns einen

Wegerechtsvorteil, sodass Jack den optimalen Kurs steuern konnte. „Jetzt sofort den Spi hochziehen“ rief Henk, womit er das ausnehmende Spinnakersegel meinte. In Sekundenschnelle entfaltete sich das dünne, blaue Segeltuch, das Henk bestens vorbereitet hatte. Zu den vorher neunundachtzig Quadratmeter Tuch, addierten sich nun weitere einhundertzweiundzwanzig Quadratmeter hinzu. Die über sieben Tonnen schwere Segelyacht, beschleunigte damit auf zehn Komma acht Knoten vor dem Wind. Das war schon berauschend. Die Abendsonne ließ die Wasseroberfläche in ein goldfarbenes Licht erscheinen. Magisch.

Ich versuchte diesen schönen Augenblick mit der Kamera ein zu fangen. Jack ließ sich zu einem „Sehr geil“ hinreißen. Kurz vor Brodten Ost, bereitete Henk routiniert die Bergung des Spi vor. Jack legte das Ruder um, sodass wir mit halben Wind zum letzten Schlag ausholten, nachdem Claus die Segel wieder dichter nahm. Es gelang alles perfekt. Durch die mustergültigen Manöver hatte sich die Crew einen uneinholbaren Vorsprung erarbeitet. Alle waren zufrieden und ich schoss noch ein paar traumhafte Fotos vom Spiel mit den Kräften der verschiedenen Elemente.

Bei der Vorbereitung des nächsten Fotos hielt ich schlagartig inne. Ein Frösteln machte sich in mir breit. Ich glaubte ein Deja-Vu zu erleben.

„Henk, sofort die Segel fieren. Nun mach schon“ drängte ich ihn, als er zögerte.

„Hey, was soll das denn ?“ hörte ich Jacks ärgerliche Stimme. „Sofort wieder dicht holen, wir haben alle im Sack. Du hast hier kein Kommando, York“ wetterte Jack.

„Henk, lass die Segel ausrauschen. Du wirst gleich verstehen warum“ wiederholte ich ein wenig schärfer und wandte mich danach um. „Jack, sorry, aber da treibt eine Leiche. Die Regatta ist Geschichte. Wir müssen beidrehen !“

„Eine.., eine was ?“ schreckt Hippo auf.

„Genauso einen Fund hatten wird gestern schon. Jack, schmeiße den Motor an und halte die Position. Ich rufe die WaschPo und warne die anderen."

„Ich weiß ja, dass hier jede Menge Seebestattungen vorgenommen werden, aber bisher war ich der Meinung, dass hierzu nur die Asche in einer Seeurne dem Meer übergeben wird. Demnach wird es wieder unerfreulich werden" merkte Claus säuerlich an.

Es spielte sich ein ähnliches Szenario ab wie gestern. Die WaschPo bat uns, neuerlich eine Aussage, bis einundzwanzig Uhr auf dem Revier zu Protokoll zu geben. Die Segel verstauten wir gleich am Fundort des Leichnams und liefen unter Motorbetrieb zurück. Das Expeditionsschiff ‚N.G. Explorer', N.G. stand für National Geographic, mit ihrem dunkelblauen Rumpf, befand sich gerade im Fahrwasser, auf den Weg zu einer neuen Arktis- oder Antarktistour. Das einhundertacht Meter lange Schiff fährt unter der Flagge der Bahamas und beherbergt einhundertachtundvierzig Gästekabinen.

Wir vertäuten schnell Jacks Segelyacht und machten uns geschlossen auf den Weg zur WaschPo. Im Revier traf ich auf Stina. Sie schien gerade in einer hitzigen Debatte, mit Hans und einem mir unbekannten, ziemlich gelackten Typen. Ich hörte nur das Wort „...Menschenhandel..." und danach eine abfällige Bemerkung des Dandy, wie, „das gibt es hier in Travemünde schon Jahre nicht mehr." Als Stina mich bemerkte, hellte sich ihr Gesicht auf und sie kam gleich herüber. „Ich habe es schon gehört. Ihr habt wieder eine weibliche Leiche im Wasser gefunden. Jetzt gibt es drei Wasserleichen in nur zwei Tagen und noch nichts Konkretes. Die Presse wird uns zerreißen."

„Mir reicht es jedenf..." begann ich und wurde unterbrochen.

„...Frau Kollegin. Finden Sie es nicht merkwürdig, dass ausgerechnet dieser Herr Illmer über zwei der Wasserleichen gestolpert ist ? Wie hoch ist die Wahrscheinlichkeit, dass jemand eine Wasserleiche findet ? Vielleicht eins zu einer Million ? Wie hoch ist erst die Wahrscheinlichkeit, zwei Wasserleichen zu finden ?" Dann leiser und zu Stina gekehrt „Vielleicht klopfen Sie, Frau Oberkommissarin Wallison, diesen Sonderling einmal ab. Allein wie der schon aussieht…"

Na den werde ich aber gleich…

„Herr Illmer ist über jeden Verdacht erhaben, Kollege Fanfarone" entgegnete Stina eisig. „Außerdem habe ich ihnen vorhin schon deutlich gemacht, dass ich meinen eigenen Stil habe."

„Werte Frau Kollegin, ich besitze schon einige Erfahrungen mit solchen Figuren." Er blickte mich geringschätzig an.

„Wissen Sie" begann ich „um es einmal mit Peter Altenberg zu sagen:
Es ist traurig eine Ausnahme zu sein, aber noch viel trauriger ist es, keine zu sein.
Insofern sie überhaupt im Ansatz verstehen, was ich meine" schenkte ich ihm süffisant ein. Henk gackerte begeistert auf.

Auf der Stirn von PHK Fanfarone bildete sich eine dicke Ader aus. Sie stand im Kontrast zu seinem jetzt beinahe kalkweißen Antlitz. Stinas Kollegen machten eine betretende Miene. „Sie werden schon noch erleben, dass ich mit meiner Vermutung Recht habe. Da möchte ich dann nicht in ihrer Haut stecken" presste er seine unverholende Drohung zwischen schmalen Lippen heraus.

Stina winkelte ihre Arme an den Hüften an und sprach mit verstellter dunkler Stimme.
„Du bist immer anderer Meinung als ich !" um dann mit hoher Stimme fort zu fahren, *„Zum Glück, sonst hätten wir ja beide Unrecht."*
Ihre Kollegen und wir lachten lauthals, obwohl wir ahnten, das sie sich den PHK nun zum Feind gemacht hatte.

„Ich hätte nicht übel Lust, wenn schon nicht eine

Dienstaufsichtsbeschwerde gegen Sie einzureichen, dann ihr Verhalten den Medien zum Fraß vor zu werfen. Io parlare italiano und da scheint mir Ihr Name Programm zu sein, Signore Fanfarone" und betonte seinen Nachnamen extra. „Buena sera" verabschiedete ich mich knapp und ließ Fanfarone, mit seinem inzwischen knallroten Kopf und nach Luft schnappend, einfach stehen.

„So ein personifiziertes Arschloch" vernahm ich Jack. „So einer würde bei mir niemals eine Anstellung erhalten. Was haltet ihr vom Casablanca ? Ich hätte jetzt große Lust auf einen Grappa, Lammrücken und Rotwein. In dieser Reihenfolge." Ohne einen Protest begaben wir uns, entlang der Vorderreihe, auf den Weg.

036

Erst gegen einundzwanzig Uhr dreißig, betrat POK Stina Wallison das Gebäude der Rechtsmedizin in Lübeck. Sie hätte schon eine Stunde früher hier sein wollen, aber die dritte Wasserleiche und dieser unangenehme PHK Fanfarone vom MD.1, zerrupften ihr Timing. „Was steckte der eigentlich seine Nase in diesen Fall" sinnierte Wallison. „Wieso maßte er sich an, solche substanzlosen Unterstellungen zu äußern. Seine Schlüsse waren an den Haaren herbeigezogen und entbehrten jeder Grundlage."

An der Eingangstür erwartete sie bereits der junge Rechtsmediziner Kevin Roche. Wie immer erschien er ihr ein wenig kränklich. Seine eng anliegende weiße Arbeitskleidung und die allgemeine Blutarmut, unterstrichen seine ausgemergelte Figur. Eventuelle Sonnenstrahlen sah er in seinem Kellergewölbe nie. Für ihn war sein Beruf tatsächlich eine Berufung und er hatte sich selbst ein überragendes Spektrum an Wissen angeeignet. In Bezug auf Waffen kannte Wallison niemanden, der es mit ihm aufnehmen konnte. „N'abend Kevin" grüßte sie ihn vertraulich. „Wenn du so spät erst an das Tageslicht krabbelst, dann wirst du nie eine gesündere Hautfarbe annehmen. Du solltest mal ein paar Tage Urlaub einreichen und ans Meer fahren.“

„Da schwimmen mir zu viele Leichen umher. Es reicht mir schon, wenn ich die laufend auf meinen Tisch bekomme. Aber Spaß beiseite, Stina. Ich musste tatsächlich einmal frische Luft schnappen. In den letzten sechsunddreißig Stunden, habe ich nur sieben Stunden Schlaf bekommen und kaum etwas gegessen. Die übrige Zeit ist mit Analysen drauf gegangen. Wann sind hier in so kurzem Zeitraum, so viele interessante Kandidaten abgeliefert worden ? Komm, lass uns gleich nach unten fahren.“

„Verstehe mich nicht falsch, Kevin. Nur für mich wäre das nichts, immer hier unten mit Leblosen zu arbeiten und dann noch dieser Gestank.“

„Weißt Du, da oben in der realen Welt, da wartet niemand auf mich. Hier unten genieße ich die Stille und kann mich auf meine Arbeit konzentrieren. Es macht mir ungeheuren Spaß, nach versteckten Spuren zu suchen. Ich hatte schon in Kindertagen diesen Drang zum Forschen. Hier werde ich dafür sogar ganz passabel bezahlt. Schau, der menschliche Körper steckt voller Wunder.“ Kevin Roche befand sich in seinem Element. Da ließ er sich nicht so schnell stoppen. Obwohl Stina eine sich breit machende Ermattung spürte, unterbrach sie Kevins Redefluss nicht. „Ein durchschnittlicher Mensch, tätigt in seinem Leben rund sechshundert Millionen Atemzüge und verliert über die Atmung cirka einen Liter Wasser pro Tag. Das entspricht im Leben rund siebenundzwanzigtausend Liter, die er ausatmet. Bei einer Badewanne, mit einem stattlichen Fassungsvermögen von zweihundert Litern, entspricht das einhundertfünfunddreißig randvollen Badewannen. Enorm nicht ? Der Körper produziert im Mittel über einhundertsiebzehn volle Badewannen Speichel. Das sind rund dreiundzwanzigtausendfünfhundert Liter. Weißt du, das unser innerer Motor, das Herz, vierzig Millionen Herzschläge pro

Jahr, also im ganzen Leben drei Milliarden Pumpvorgänge bewältigt ? Jeder Körper ist eine natürliche Hochleistungsmaschine. Nur um die Zahl seiner nahezu zwei Komma fünf Billionen roten Blutkörperchen zu erhalten, muss das Knochenmark jede Sekunde, zwei Komma fünf Millionen Neue bilden..."

„Kevin, bitte..." versuchte Stina ihn einzubremsen. Ihr Kopf schwirrte, ob dieser ganzen eindrucksvollen Zahlenspiele. Zu einem anderen Zeitpunkt hätte sie gerne mehr davon gehört. In seinem Fachgebiet trat Roche immer souverän und kurzweilig auf. Heute fühlte sie sich jedoch ausgelaugt, aber Kevin ließ sich nicht beirren.

„...Gleich Stina. Ich möchte nur, dass Du die Faszination nachempfindest. Die äußeren Hautzellen" dozierte er schon weiter „werden im Schnitt alle siebenundzwanzig Tage abgestoßen und erneuert, sodass der Mensch während eines Lebens fast eintausend Mal neue Haut bekommt ! Wir Rechtsmediziner arbeiten in dem Bereich, zwischen Meso- und Mikrokosmos, also dem von Menschen direkt wahrnehmbaren Bereich, bis in den scheinbar Unsichtbaren. Mit Hilfe von Technik, Chemie und Biologie, sowie jahrelang gewonnener Erkenntnisse, lernen wir anhand gewisser Parameter, unsichtbare Spuren zu lesen und zu deuten. Das nimmt mich so ein, da bleibt mir keine Zeit für Privates."

Still stand Stina Wallison neben Kevin Roche. Auch wenn sie immer noch nicht mit ihm tauschen wollte, so war sie von seiner Leidenschaft tief beeindruckt. Roche war einer der jüngsten Rechtsmediziner im Lande, aber sicher auch einer der Fähigsten.

„Was hast Du denn noch an wichtigen Informationen zu unseren drei Frauen ? Bitte möglichst in komprimierter Form." Stina fühlte sich immer unwohl in diesem Gewölbe.

„Okay. Da wir keine Namen kennen, habe ich sie nach dem griechischem Alphabet und der zeitlichen Auffindung benannt. Über Alpha habe ich dir Gestern ja die wichtigsten

Information mitgeteilt. Sie war mindestens sechs Stunden eingefroren und weniger als vierundzwanzig Stunden tot. Ich fahre vorerst mit Gamma fort.

Hier gibt es deutliche Parallelen zu Alpha. Gamma war etwa schon sechsunddreißig Stunden tot und weist die gleichen Erfrierungssymptome und Holzspäne unter den Fingernägeln auf. Ferner habe ich drei dieser Holzspäne in ihrem Haar gefunden. Ebenfalls habe ich das Medikament Diazepam in einer erhöhten Dosis festgestellt. Ich schätze einmal, dass die Frau ihren achtzehnten Geburtstag noch nicht erleben durfte. Gammas Körpergewicht betrug fünfundfünfzig Kilo bei einer Länge von einen Meter achtzig. Die Menge an Diazepam, hätte jeden Schwergewichtler außer Gefecht gesetzt, aber diese beiden Leichtgewichte dürften im besten Falle sehr ernste Kreislaufprobleme bekommen haben. Dazu die Frostbehandlung…" Roche beließ es vorerst dabei.

„Die zeitlich zweite Tote, also Beta, passt nicht in das Muster. Erstens, sie wurde erwürgt und zweitens, sie zeigt keinerlei Erfrierungsmerkmale. Ich schätze diese Frau etwa auf Mitte zwanzig. Im Magen fand ich Reste von Erdbeeren. Im Blut fanden sich keine Medikamente. Ihre Blutwerte lassen allerdings auf einen erheblichen Alkoholkonsum schließen. Sie ist zum Auffindungszeitpunkt, seit mindestens zwölf, aber keine vierundzwanzig Stunden tot gewesen. Zum Todeszeitpunkt dürfte sie etwa eins Komma acht Promille intus gehabt haben. Laut Analyse, dürfte es sich um den seltenen und teuren Cristal aus dem Haus Louis Roederer handeln. Die Flasche liegt zwischen einhundertfünfzig bis zweihundert Euronen. Da wird es nicht viele Händler in unserer Umgebung geben. Außerdem hat sie noch heftigen Geschlechtsverkehr vor ihrem Tod gehabt. Sperma konnte ich nicht nachweisen. Der Kamerad muss ein Kondom getragen haben."

Roche machte eine kurze Pause um, um dann die Bombe platzen zu lassen. „Das Beste habe ich mir für den Schluss aufgehoben."

Der Rechtsmediziner legte noch eine weitere Kunstpause ein. „Der ermordete Fahrer des Geldtransporters hat an seiner Uniform einen Holzsplitter gleichen Typs. Zufall könnte man meinen, aber ich finde es durchaus relevant. Das Kiefernholz ist jedenfalls mit der gleichen Methode behandelt. Erst schlitzperforiert und später druckimprägniert. Alles mit dem gleichen Mittel getränkt.

Das disqualifiziert wohlmöglich den Zufall."

037

Mit einem zuckerfreien Espresso rundete ich mein leckeres Abendessen im Casablanca ab. Hippo war schon auf dem Weg nach Hause und Claus verabschiedete sich gerade, da er noch mit dem Auto nach Cuxhaven fahren wollte. Dort besaß er eine kleine Wohnung. Früh am Morgen stand ein Tagesbesuch bei seiner dreiundneunzigjährigen Mutter an.

Meine Tawtec zeigte mir an, dass nur noch genau acht Minuten blieben, um pünktlich am Strandkorb zu sein. Rasch entschuldigte ich mich bei Jack und Henk, schnappte mir mein Cruiser Rad und trat kraftvoll in die Pedalen. Im Allgemeinen legte ich Wert auf Pünktlichkeit. Im Besonderen sowieso.

Keine Sekunde zu spät erreichte ich den Strandkorb. Stina schloss gerade das Holzgitter auf. „Oh, wie schön, dass du da bist. Was für ein Tag. Ich bin total geschafft." Sie trat einen Schritt auf mich zu, nahm mich in den Arm und küsste mich leidenschaftlich. Hui, sie wusste offensichtlich was sie wollte.

„Na ja, soooo geschafft scheinst du nicht" gluckste ich.

„Oh, doch. Wenn du wüsstest, was ich für einen Tag hinter mir habe." Kurz umriss sie die Ereignisse.

„Der Typ unterstellt mir großkotzig einen falschen Fahndungsansatz, obwohl der gar nicht in diesen Fall involviert ist. Sein Interesse ist schon merkwürdig. Angeblich musste er in Travemünde einen Zeugen befragen und hat von den beiden Wasserleichen von heute gehört. Irgendetwas von verbessertem Informationsaustausch, kurzen Dienstweg, etc. hat er gefaselt. Dabei bin ich die Letzte, die sich gegen kurze Dienstwege sperrt. Nur der Ton macht bei mir die Musik." Stina wirkte leicht gereizt.

„Rege Dich doch nicht über diesen Trottel auf. Der ist es nicht Wert."

„Das nervt trotzdem. Als wenn ich nichts Besseres zu tun hätte. In Kollegenkreisen ist Fanfarone auch alles andere als beliebt. Bei mir hat er ebenfalls nicht gepunktet. Meine Befürchtung in diesem Fall geht da hin, dass wir es mit einem Fall von Mädchenhandel zu tun haben. Beide jungen Frauen passen da gut rein und auch wenn es keine klaren Parallelen zu ihnen gibt, spüre ich, nenne es weibliche Intuition, dass die erwürgte Frau im entsprechenden Milieu tätig war."

„Ich wusste gar nicht, dass Menschenschmuggel ein Thema im beschaulichen Seebad ist ?"

„Das ist seit Jahren hier auch kein bekanntes Problem mehr. Was nicht heißt, dass es keinen Menschenhandel mehr gibt. Auch wenn es nicht weiter thematisiert wird, die Sklaverei und der Menschenhandel gehört leider nicht der Vergangenheit an. In Europa gilt Deutschland als das Hauptabnehmerland der ‚Ware' Frau. Ab und zu hört man ja immer wieder mal etwas über den Handel mit Mädchen, jedoch meist weit entfernt. In Kambodscha oder Nepal, eben in den ‚Entwicklungsländern'. Das berührt ‚uns' nicht nachhaltig genug, da haben wir ja nichts mit zu tun.

Oder vielleicht doch ?

In dem Nachrichtenmagazin RP-Online wurde berichtet,

dass Frauen sogar bei eBay ersteigert werden konnten. Für ein Mindestgebot von viertausendvierhundert Euro wurden auf der US-Website des Internetauktionshauses, drei junge Vietnamesinnen angeboten !

Der Handel findet also immer öfter vor unserer Nase statt. Die Schlepperbanden sind immer perfekter organisiert. Der Handel mit jungen Osteuropäerinnen nimmt auch immer ernstere Ausmaße an. Schleswig-Holstein erfüllt in diesem Zusammenhang sozusagen die Funktion einer Drehscheibe für die europäischen Märkte. Rund neunzig Prozent der Frauen und jungen Mädchen stammen nämlich aus Osteuropa. Fünfzehn Prozent der Betroffenen sind unter achtzehn Jahre alt. Die kriminellen Organisationen sind bestens vernetzt. Sie verschleppen die Mädchen illegal in die westlichen Länder.

Besonders in wirtschaftlich schwachen europäischen Ländern, entscheiden sich junge Frauen, in den Westen zu gehen, um dort Arbeit zu finden. Ihnen wird oft vorgegaukelt, eine legale Arbeit zu erhalten. Die Umsätze auf diesen Märkten, werden mittlerweile höher eingeschätzt, als im Drogen- und Waffenhandel. Dabei ist das Risiko erwischt zu werden auch noch geringer. Die immer größer werdende Kluft zwischen Arm und Reich, in den früheren sozialistischen Ländern, treibt viele Frauen aus Aussichtslosigkeit in die Hände von Menschenhändlern.

Einmal im Westen, wird ihnen sofort der Pass entzogen. Die Menschenhändlerringe werden dabei immer professioneller, ihre wirtschaftlichen Strukturen immer komplexer. Mittlerweile statten sie ihre Opfer mit falschen Papieren aus und reagieren so auf die Polizeieinsätze, die nach illegalen Einwanderinnen suchen, um so einen Anhaltspunkt zu haben, den Machenschaften dieser Schlepperbanden zu begegnen. Unter denkbar schlimmsten Zuständen werden die Frauen und Mädchen zur Prostitution gezwungen. Das Geld, das sie erarbeiten, müssen sie fortwährend an ihre brutalen Zuhälter abgeben. Sie leben in völliger Abhängigkeit. Die Betroffenen selber, sind in der Regel dermaßen eingeschüchtert, dass sie aus Angst, vor einer Anzeige ihrer Peiniger zurückschrecken.“ Stinas Empörung war deutlich spürbar. „Entschuldigung, ich wollte gar nicht über die Arbeit sprechen. Ich habe mich so auf dich gefreut.“

„Nein, nein. Ist schon gut. Manchmal muss einfach Dampf abgelassen werden und ich bin ein guter Zuhörer.“

„Weißt Du, wenn ich mich in einen Fall reinknie, dann beschäftigt der mich permanent. Ich kann dann schlecht abschalten. Diese jungen Mädels aus Osteuropa werden auch die ‚Nataschas' der Weltwirtschaft genannt. Sie werden derweil in alle Kontinente der Welt exportiert. In der Republik Moldawien gibt es vereinzelte Dörfer, wo heute kaum noch weibliche Personen unter fünfundzwanzig Jahren leben.

Um an die weiblichen Wesen heranzukommen, verwenden die Menschenhändler alle möglichen Methoden. Sie zögern auch nicht, ihre Opfer zu entführen oder die jungen Mädchen einfach ihren mittellosen Familien abzukaufen. Bei einer Mehrzahl der Fälle handelt es sich aber auch um junge Frauen, die eine Möglichkeit suchen, um ins Ausland zu kommen und sich durch falsche Versprechungen auf eine bessere Lebensperspektive anlocken lassen. Mittels brutalster Gewaltakte werden sie dann aber für den Prostitutionsmarkt dienstbereit gemacht und psychisch gebrochen. Im Fortgang sind sie nur noch ein funktionierender Körper, ein willfähriges Sexobjekt. Veräußerbar und äußerlich bereit, alle sexuellen Demütigungen hinzunehmen. Einige von ihnen werden umgebracht, um ein Exempel zu statuieren.

In zwanzig Tagen kann man jede Frau brechen und sie zur Prostituierten machen.

Die Akzeptanz in der Bevölkerung wird denkwürdiger Weise in allen Schichten geteilt, auch mit dem Hintergrundwissen, des Menschenhandels. Man kauft, wie zum Beispiel einen Friseurbesuch, einfach eine Dienstleistung, also gewisse sexuelle Gegenleistungen. In vielen westlichen Staaten ist die Prostitution bereits zu einem Beruf wie jeder andere geworden. Im Jahr 2001 schätzte man die Anzahl der Prostituierten in der ganzen Welt auf vierzig Millionen. Das ist inzwischen ein unumgänglicher Wirtschaftsfaktor. Die Prostitution zählt in einigen Staaten gegenwärtig sogar zu einem Teil der ökonomischen Entwicklungsstrategie. Unter dem Druck von hohen Schuldenrückzahlungsforderungen fußend, wurden zahlreiche Staaten der Dritten Welt von internationalen Organisationen wie dem IWF und der Weltbank, die aufgrund dessen dann wieder beträchtliche neue Kredite freigaben, sogar ermutigt, ihre Nightlife- und Tourismusindustrie zu entwickeln.

Der zu beobachtende explosionsartige Anstieg des Sexmarktes wird größtenteils vom organisierten Verbrechen kontrolliert. Selbst in Ländern, in denen die Prostitution legal ist, wie etwa in Deutschland, den Niederlanden, Dänemark usw. oder wo die Eroscenter Staatseigentum sind, wie in der Türkei oder in Indonesien oder wo die Prostitution sogar als ein erforderlicher Teil der Volkswirtschaft angesehen wird, wie unter anderen auf den Philippinen und Thailand, bleibt das organisierte Verbrechen ein Basismerkmal in der Organisation dieser Märkte.

Stelle Dir vor, jedes Jahr werden in den fünfzehn EU-Ländern, gerechnet noch ohne die letzten zwölf neuen Mitglieder, etwa fünfhunderttausend Frauen auf den käuflichen Sexmarkt getrieben. Drei viertel aller Frauen, die Objekte dieses grausamen Handels sind, sind fünfundzwanzig Jahre alt oder jünger. Auf der globalen Ebene sind ungefähr vier Millionen Frauen und Kinder jedes Jahr betroffen“ ereiferte sich Stina.

„Im Laufe der neunziger Jahre gab es in Südostasien dreimal so viele Opfer dieses Handels von Menschen zu Prostitutionszwecken, als es in der vollständigen Geschichte Opfer des afrikanischen Sklavenhandels gab. Der afrikanische Sklavenhandel, der sich über eine Periode von vierhundert Jahren erstreckte, hat knapp zwölf Millionen Opfer gefordert, während hingegen der Handel zu Prostitutionszwecken allein in Südostasien, schon über dreiunddreißig Millionen

Menschen betroffen hat. Das ist ein Geschäftsbereich der viele Milliarden bewegt. Allein die Profite sind im Milliardenbereich. Auf der einen Seite gibt es eine große Nachfrage nach billiger Arbeit und sexuellen Dienstleistungen, auf der anderen Seite gibt es viele Menschen in Armut und mit keiner oder nur geringfügiger Hoffnung für die Zukunft. Dieser Markt wird von Kriminellen ausgenutzt, die ihre Opfer in die Sklaverei locken oder zwingen. Sie ziehen Vorteile aus den Menschen, die keine andere Möglichkeit sehen, sich und ihre Familie zu versorgen.

Dies ist sogar nicht nur in armen und entfernten Ländern möglich. Es passiert selbst auch hier in unserer Region. Menschen werden auf gleicher Augenhöhe mit Drogen und Waffen verkauft, aber im Gegensatz zu Drogen und Waffen, bei denen nur einmal Profit gemacht werden kann, können die Opfer von Menschenhandel wieder und wieder verkauft werden. Das ist die brutale Sicht, die Menschenhandel zu so einem lukrativen Geschäft mit äußerst hohen Gewinnen macht. Andererseits gibt es für die Verantwortlichen nur ein geringes Risiko gefasst und bestraft zu werden. Das macht den Menschenhandel zu einer der schnellsten wachsenden Kriminalitätsgenres, nicht nur im Ostseeraum und in Europa.

In Haiti kostet ein Mädchen fünfzig Dollar. In Indien leben sogar Schuldknechte in dritter Generation als Sklaven. Menschen, die durch Täuschung und Androhung von Gewalt zur Arbeit gezwungen werden und nur das erhalten, was sie zum Überleben benötigen. Oft ist es Hausarbeit oder Sex wie bei den Kindersklaven in Haiti oder den versklavten Minderheiten im Sudan. Ganz besondere Ausmaße treibt das in Indien. Dort gibt es Menschen, da siehst du mal wie krank dies alles ist, in erblicher Schuldknechtschaft ! In einem dokumentierten Fall zerschlagen dort ein Mann und seine Familie, täglich, also in einer sieben Tage Woche, vierzehn Stunden Steine zu Kies und Sand. Sein Großvater hat einen Kredit von lächerlichen zweiundsechzig US-Cent aufgenommen, um die Mitgift seiner Mutter zu bezahlen. Drei Generationen und drei Besitzer später, lebt die Familie immer noch in Sklaverei. Die Schuldknechtschaft ist seit 1976 zwar illegal in Indien, aber sie ist noch präsent. In Uttar Pradesh oder Bihar gibt es sogar ganze Dörfer, die nur aus Sklaven bestehen.“ Stina hatte sich vollkommen in Rage geredet und atmete schwer.

„Ach, entschuldige. Ich wollte eigentlich nur eine schöne Stunde mit dir verbringen und ich dumme Gans vermassele alles.“

„Hey, mache mal halb lang. Ich bin zwar zutiefst schockiert, aber ich habe dir gebannt zugehört.“ Das Stina besonders attraktiv auf mich wirkte, wenn sie sich aufregte, behielt ich lieber für mich. „Ich befürchte ja, dass wir diesbezüglich erst ganz am Anfangspunkt europäischer bzw. globaler Probleme stehen. Hilfsbedürftigkeit, die Überbevölkerung, der Klimawandel, sind nur einige der anstehenden Probleme. Schaue einfach nur nach Lampedusa. Schon jetzt ist Europa mit den relativ wenigen Flüchtlingen beschämend überfordert. Die Politik hält keine Lösung parat.

In diesem Jahr werden wir sieben Milliarden Menschen auf der Erde sein. Das birgt natürlich jede Menge sozialen Sprengstoff in sich. Alleine Indien hat davon eins Komma zwei Milliarden Einwohner, knapp hinter China mit eins Komma drei Milliarden. Für 2030 schätzt man, wird Indien China überholt haben und eins Komma sechs Milliarden Menschen beherbergen. Tokio hat allein über vierunddreißig Millionen Einwohner und ist damit die größte Stadt der Welt vor New York mit über zwanzig sowie Seoul mit etwa zwanzig Millionen. Kairo hat sechzehn, Peking „nur“ zwölf Millionen. Im Cityranking auf Platz achtzehn, mit bald zwölf Millionen Einwohnern, liegt Shaenzhaen. Wer kennt denn in Europa überhaupt diese Megacity ? Sie steht noch vor der größten europäischen Stadt, nämlich Paris mit elf Komma sechs Millionen Einwohnern.

Nach Schätzung der Vereinten Nationen leiden zwei Milliarden Menschen Mangel an Mikronährstoffen, wie Jod und Eisen. Eine Milliarde sind ernsthaft Mangelernährt. Sie verfügen über eine Kaufkraft von einen Euro pro Tag oder weniger und müssen davon über siebzig Prozent für ihr Essen ausgeben. Damit wir unser aller Umweltgewissen beruhigen können wird auf riesigen fruchtbaren Ackerflächen, zum Beispiel Biosprit angebaut. Das führt wieder rum zu Hungersnöten in den Dritte Weltländern und treibt notgedrungener Weise den Völkerwanderungsmotor zusätzlich an. Es wird nur selten nachhaltig produziert und schon gar nicht zum Wohle der Bevölkerung. Von den reichen Bevölkerungsschichten wird dies alles seit Jahrzehnten negiert.

Dazu fallen mir zwei Zitate ein. Einmal von Andre Gide:
„Das menschliche Elend wird in dem Maß abstrakt, als es sich von uns entfernt“
und dann vom vierzehnten Dalai Lama:
„Das Nicht-Wahrnehmen von etwas, beweist nicht dessen Nicht-Existenz.“

Stina sah mich mit ihren großen Augen an.

„York, ich hätte nicht vermutet, dass du dir darüber so intensive Gedanken machst.“ Zärtlich zog sie meinen Kopf zu sich hinunter und gab mir einen intensiven Kuss.

„Nur weil ich das Leben liebe, heißt das noch lange nicht, dass ich unaufmerksam im Selbigen stehe. Zum Glück zeigt uns die Natur ab und an ihre Krallen, wie bei den Vulkanausbrüchen auf Island. Dann stottert das Monstrum fortwährender Geldgier ein wenig, aber ich befürchte, ohne dauerhaften Lernerfolg.

„Was wolltest du eigentlich vorhin andeuten, mit *ihr Name ist wohl Programm*, als du den PHK zurecht gestutzt hast ?“

„Wie, das weißt du nicht ?“ schmunzelte ich. „Im italienischen bedeutet Fanfarone ganz einfach Angeber. Ihm war das ganz offensichtlich bekannt.“

Stina lachte herzlich auf. „Autsch, das finde ich ja herrlich.

Allerdings hast du dir keinen Freund gemacht“ gab sie zu bedenken.

„Was habe ich mit dem zu schaffen. Außerdem wird er dich auch nicht gerade in sein Herz geschlossen haben.“
Einer durch nichts zu stützenden inneren Eingebung folgend, machte ich mir eine Gedankennotiz. Daniell Holter könnte einmal ganz undefiniert mit seiner Elektronik spielen…

„Mit dem werde ich schon fertig, aber er gilt unter Kollegen nicht gerade als angenehmer Zeitgenosse.“

„Was ist eigentlich aus der Automatengeschichte geworden ? Gibt es da schon relevante Erkenntnisse ?“

„Du meinst die Sache mit den Geldautomaten der Deutschen Bank und Commerzbank ?“ Die Gauner haben die Karten im Schlitz kopiert und den Geheimpin per Minikamera gefilmt. Ein ganzes Wochenende. Dann sind der oder wohl eher die, vielleicht gleich mit Ryanair ab Lübeck, per Billigflug nach Mailand. Dort haben sie im Stundentakt, in vielen verschiedenen Banken, die Konten leer geräumt. Du musst wissen, in Italien kann man stündlich fünfhundert Euro ziehen. Bis zum Erreichen des Limits. Bei den zahlreichen Geschädigten reden wir über eine siebenstellige Schadenssumme. Ein hübscher kleiner Wochenendverdienst. Auf den Überwachungskameras sind nur vermummte Personen zu erkennen. Jeder Abgleich verlief ins Leere.“

„Die Idee als solches erscheint mir beinahe genial. Ab Freitags nachmittag sind Banken geschlossen und frühestens ab Montags, wird man der Sache weiter auf den Grund gehen können, falls der Kunde den Geldabfluss überhaupt schon registriert haben sollte. Da bleibt den Gaunern eine lange Zeitspanne zum Anzapfen. Auch wenn die Kunden ihr Geld erstattet bekommen, scheint mir das System nicht ausgereift. Trotzdem zahlen die Zeche alle Kunden, indirekt über Gebühren oder umgelegte Versicherungsprämien.“

„Uns Polizeibeamten sind da die Hände gebunden. Wir

können ja nicht alles und jeden überprüfen. Die Kürzungen tun ihr übriges. Wir haben immer zu wenig Dienstfahrzeuge, um den Dienstbetrieb anständig aufrecht zu halten. Zu Land und auch zu Wasser. Viele Kollegen benutzen auch schon einmal ihren Privatwagen für dienstliche Belange. Wo das noch hinführt ist mit schleierhaft."

„In der Tat sind selbst in Städten die Polizeiwachen nach siebzehn Uhr geschlossen. Das muss man sich einmal vorstellen. Selbst eine Bäckerei hat mindestens bis achtzehn Uhr oder gar noch später geöffnet. Laut den publizierten Statistiken der Landeskriminalämter ist die Kriminalitätsrate ständig rückläufig, also sind die Kosteneinsparungen mehr als statthaft."

„Super. Statistik. Das ist doch alles Augenwischerei. Eine Statistik ist nur so gut wie das Ansinnen des Auftraggebers. Wieso schiebe ich wohl so viele Überstunden vor mir her und wer zahlt die ?" ereiferte sich Stina. „Die Politiker lügen sich doch in die eigenen Taschen."

„Stimmt. Den Kern gehen die selten an. Meistens müssen sie auf zu viele Seilschaften Rücksicht üben. Irgendwo steht immer eine Wahl und nicht zu letzt ihre Eigene an. Im Laufe der Zeit verlieren fast alle ihre Ideale und schauen nur noch auf ihre Karriere, die Pensionsansprüche und so weiter. Leider müssen wir damit leben. In absehbarer Zeit möchte ich auch gerne Travemünde ganz unabhängig von Lübeck sehen. Das wird noch ein ganz hartes Stück Arbeit. Leichter wird es da schon sein, weitere Kreuzfahrtschiffe vom Kaliber der Queen Elizabeth 2, auf Kurs Travemünde zu bringen. Das war im Juni ein toller Werbe- und Wirtschaftseffekt für den Ort. Bald dreißigtausend Gäste zog der Tagesbesuch an. Morgens um sechs Uhr standen schon tausende Personen an der Mole.

Gigantisch.

Im tristen Winter stelle ich mir, niedrige Temperaturen vorausgesetzt, eine Eislauffläche sowie zwei, drei Bahnen zum Eisstockschiessen vor. Drum herum ein paar Glühweinstände, Futterbuden, et cetera, der heimischen Gastronomie. Die letzten Jahre waren die Temperaturen entsprechend und das Ganze lässt sich durchaus kostengünstig darstellen. Die Tornadowiese fällt mir dazu spontan ein. Platz genug gibt es auch auf dem Fischereihafengelände. Entsprechend sorgfältig vorbereitet, zieht das sicher viele Gäste an, welche wiederum auch in den örtlichen Geschäften für zusätzlichen Umsatz sorgen. Wo können die Menschen in dieser Region im Winter schon etwas Besonderes erleben ? Selbst in Lübeck gibt es nur den zeitlich beschränkten Weihnachtsmarkt. Mit einem variablen und kultivierten Rahmenprogramm, können verschiedene Altersgruppen angesprochen werden. Dazu braucht es Mut und innovativer Aktivitäten. Unabhängig von parteipolitischer Gesinnung. Travemünde muss sich wieder neu erfinden und nicht in alten Strukturen verharren. Ich habe den Eindruck gewonnen, dass hier jeder nur seine eigene kleine Suppe köchelt und ansonsten die Bettdecke über den Kopf zieht."

„Ach" stöhnte Stina auf „das habe ich in dem ganzen Trubel vergessen. Ich habe mir in Lübeck ein Wasserbett bestellt und sollte mich unbedingt heute wegen des morgigen Liefertermins mit denen in Verbindung setzen. Verdammt, dann wird es diese Woche wohl nichts mehr. Dabei habe ich mich so darauf gefreut." Stina klang ganz enttäuscht.

„Wo hast du es denn bestellt ?" hakte ich nach.

„Der Name fällt mir gerade nicht ein. Dieser Wasserbettenspezialist Bei der Lohmühle, gleich neben McDonald's."

„Den kenne ich - also nicht nur das Geschäft" fügte ich gleich hinzu. „Der Chef ist ein Freund von mir. Ich sende ihm einfach eine sms auf sein Handy, dann sieht er es noch spätestens morgen früh. Schieß los, was soll ich ihm übermitteln ?"

Schnell war das erledigt, aber es war auch schon wieder sehr spät geworden. „Ich würde jetzt gerne mit dir auf Dein Boot und erst nach vierundzwanzig Stunden wieder an Deck kommen“ wisperte mir Stina ins Ohr „aber ich darf morgen nicht verschlafen.“

„Aufgeschoben ist nicht aufgehoben. Vorfreude ist auch prickelnd“ antwortete ich. Ein paar Minuten später verabschiedete ich Stina am Alten Leuchtturm mit einem intensiven Kuss. Kurz vor dem Betreten ihres Hauses hörte ich hinter mir das Mautzen ihrer zwei Kater. Rasch liefen sie auf die Haustür zu. Einer von den beiden hieß Zorro. Der zweite Merlin. Dabei juckte meine Narbe schon wieder heftig. Kein gutes Zeichen. Jedenfalls litt ich nicht an Katzenallergie. Vielleicht lag es diesmal auch an den ersten Vorboten der heranziehenden Kaltfront, hoffte ich. In den nächsten vierundzwanzig Stunden sollte das Tiefdruckgebiet ‚Petra’ durchziehen, bevor sich das Hoch ‚Maarten’ durchsetzen würde.

038

Do-22.Sept-2011

Schlecht gelaunt betrat PHK Diego-Götz Fanfarone seine Dienststelle MD.1 in Lübeck. Der heftige Regen hatte seine neue Jacke ziemlich durchnässt und der starke Wind die stets in Form liegenden Haare zerzaust. „Vorerst keine Störungen und wenn ich keine sage, dann meine ich es auch so“ blaffte Fanfarone seine erschrocken drein blickende Abteilungssekretärin an.

Mit einem trockenen Knall flog die Tür zu und er hängte seine Jacke zum Trocknen vor die Heizung, nur um verärgert zu registrieren, dass die Heizung nicht lief. Im Spiegel, der versteckt auf der Rückseite seines Originalbildes von Jackson Pajunk angebracht war, setzte er seine Frisur wieder in Stand. Aus Malerei machte er sich gar nichts und dieses Bild bekam er von seinen Kollegen zum Abschied geschenkt. Er mochte zwar diese schwungvollen Linien, aber erst seitdem der kunstbesessene Oberstaatsanwalt ihm erklärte, dass dieser Künstler vor einer großartigen Kunstkarriere stand und das Bild in kürzestem Zeitrahmen seinen Wert wenigstens verzehnfachen, wenn nicht nahezu sogar verhundertfachen wird, schätzte er es über alle Maßen.

Zufrieden mit dem Frisierergebnis wandte er sich seinem Schreibtisch zu, nachdem er zuvor sein elegantes Handy aus der Jackentasche gefingert hatte. Eilends wählte er die im Kopf gespeicherte Nummer des Hamburger Clubchefs. Er wollte in dieser ihm widrigen Verknüpfung keine offensichtlichen Spuren hinterlassen. Seinen kurz gefassten Bericht übermittelte er sachlich und schloss mit der Feststellung, dass die ermittelnde Beamtin auf der Stelle trete und der Sache nicht gewachsen sei. Abschließend betonte Fanfarone gegenüber dem Clubchef, dass er ab jetzt nicht weiter in dieser Angelegenheit ermitteln könne, da das dann unbequeme Fragen nach sich ziehen würde. Erleichtert beendete er das Gespräch, nachdem ihm versichert wurde, dass seine Dienste hierzu wohl nicht mehr benötigt wurden. Seine Laune besserte sich ein wenig. Dennoch. ‚hierzu' hallte es in seinem Kopf nach. Das schloss zukünftige ‚Gefallen' nicht aus.

Er sollte demnächst seinen Kollegen, bei der Hamburger Sitte, einen diskreten Hinweis zukommen lassen.

Im Vorzimmer saß die Sekretärin an ihrem Schreibtisch, immer noch mit blassen Gesicht und über den Lübecker Nachrichten gebeugt. Ihre mit holdem Rouge belegten Wangen verstärkten diesen Eindruck noch.

„Haben sie nichts zu arbeiten ? Gerade angekommen und schon wieder Pause" raunzte er sie an und warf dabei einen Blick auf die Titelseite. Neben der kleinen Randnotiz über eine unbekannte Tote, schnellte ihm sein Antlitz, zusammen mit dem des SEK-Leiters, im Großformat an. Dabei sah er nicht wirklich vorteilhaft aus und der Aufmacher gefiel ihm schon gar nicht. Mit einem Stich in seiner Brust las er:

"Ist dieser Kommissar zumutbar ?"
Ausführlich berichtete der Reporter über seine Entgleisung. Er hatte ihn in seinem Groll gar nicht wahrgenommen. Ohne Zweifel ein Fauxpas. Hastig überflog er den Artikel in Stichworten weiter:
„...eitler Gockel..., ...Kompetenzgerangel..,...Überforderung ?, ...nahe einem Nervenzusammenbruch ?, ...Zeugen des Vorfalles.., ...schon in Hamburg umstritten."
Der Reporter hatte einiges an Pulver zusammen getragen. Fanfarone schnappte sich die LN und stürmte zurück in sein Büro.

Ganz oben entdeckte er den Namen des Journalisten.

Fanfarone stöhnte innerlich auf. Mit ihm war er im August in Travemünde, vor dem Restaurant Savoir Vivre in der Alten Vogtei, zusammen gerasselt. Er hatte dem Schmierfinken den letzten Parkplatz vor der Nase weggeschnappt. Bevor dieser rückwärts in die Parkplatzbucht rangieren konnte, war er einfach schneidig in die Lücke geschossen. Die Lahmen bestraft halt das Leben. Der lautstarke Protest perlte an ihm ab, wie das Wasser an einer Seerose. Seiner jungen Begleiterin gefiel offenbar sein forsches Auftreten. Ein kerniger Großstädter bewegt sich schließlich weltgewandter, als so ein Provinzler.

Die Tage später eingehende Anzeige schmetterte sein Rechtsanwalt locker ab. So sah also seine Retourkutsche aus. Fanfarone überlegte fieberhaft, wie er am elegantesten auf diesen Affront reagieren sollte und im Gegenzug den Buchstabenaffen das Leben schwer gestalten konnte. Da würde er sich diverser Kniffs bedienen und...

Das Telefon klingelte. Unwirsch nahm er ab.

Der Oberstaatsanwalt wollte ihn in zehn Minuten in seinem Büro sehen. Der Innensenator würde auch zugegen sein. PHK Fanfarone fluchte. Sehr viel Zeit blieb da nicht, um eine erfolgreiche Strategie auszuarbeiten.

Jetzt klingelte sein Handy. Der Staatsrat aus der Hamburger Innenbehörde. „Na endlich" dachte er.

Keine vierzig Sekunden später drückte Fanfarone das Gespräch weg. Sein Gesicht war schneeweiß. Auch in Hamburg schien man die LN zu lesen. Der Staatsrat ließ ihn fallen wie eine heiße Kartoffel. Zum ersten Mal in seinem Leben verspürte PHK Diego-Götz Fanfarone eine eisige Umklammerung seiner Atemwege. Seine Karriere schien in sich zusammen zu fallen. Schwer nach Atem ringend, ließ er sich auf seinen Luxusbürostuhl nieder.

Jetzt konnte ihn nur noch ein überragender Fahndungserfolg den Arsch retten.

039

Nachdem ich morgens ein deftiges Frühstück, bestehend aus Schwarzbrot ohne Butter, angebratenen Speck und drei Spiegeleiern, im Restaurant Marina des Lübecker Yacht Clubs zu mir genommen hatte, fühlte ich mich so weit gestärkt, um dem Schietwetter zu trotzen, denn mittlerweile schüttete es gehörig aus den dunklen, tief hängenden Wolken.

Ursprünglich hatte ich geplant, ein ausgiebiges Frühstück im Acapella ein zu nehmen. Dort dauerte die Zubereitung etwas länger, aber alle Zutaten waren frisch. Da dies kleine Cafe direkt am Wasser des Wochenmarktes liegt, saugen die Gäste das maritime Flair unmittelbar auf. Wahrscheinlich ist das Cafe auch das kleinste Kulturzentrum an der Ostseeküste, zumindest aber in Travemünde. Dort finden regelmäßig Leseabende statt oder es kommen spontan Musiker, die privat ihre Kunst zum Besten geben. Heute war ich aber zum wiederholten Male in der Marina, um neben dem Frühstück gleich meine elektronische Post zu bearbeiten. Dem Internet sei dank. So konnte ich mich überall auf der Welt bewegen und zeitnahen Kontakt mit meinen Familienmitgliedern, Freunden und Geschäftspartnern halten. Eine technische Errungenschaft, welche ich gerne nutzte.

Ich warf mir meine Regenjacke über und trat auf die Terrasse. Böiger Nordostwind blies mir den Regen mit Nachdruck ins Gesicht.

Eigentlich ein Tag um es sich mit einer schönen Frau oder einem guten Buch in der Koje gemütlich zu machen. In der a.Rosa Sauna wäre es jetzt auch behaglicher. Heute Vormittag hatte ich noch einen Termin bei der Staatsanwaltschaft.

Vor drei Monaten hatte ich einen unsachgemäß gelagerten und gelegten Mast, einer Bavaria 30, auf den Kopf bekommen. Die Kopfwunde musste in der Travemünder Praxisklinik genäht werden. Der Eigner entschuldigte sich zwei Tage später und versprach für den erlittenen Schaden ein zu stehen. So ließ ich das Ereignis vorerst auf sich beruhen. Die entstandenen Kosten sollte seine Haftpflicht übernehmen.

Zwei Tage später sprach er auf den Anrufbeantworter unserer Hafenmeister, dass er es sich anders überlegt habe und den Schaden doch nicht über seine Haftpflicht abwickeln werde. Solche Zeitgenossen habe ich schon immer gemocht.

Daraufhin hatte ich kurzerhand die Wasserschutzpolizei eingeschaltet und dort eine Strafanzeige aufgegeben. Neben der zivilrechtlichen Klage, droht ihm nun auch eine strafrechtliche Anklage. Aufgrund der Abläufe im Vorfeld wird das wohl nicht nur als Fahrlässigkeit bzw. grober Fahrlässigkeit bewertet, sondern als Vorsatz. „Wie bescheuert darf man als Architekt der UKS-H denn eigentlich sein ?“ fragten sich hier alle involvierten Personen. Wie dem auch sei, dass nahm jetzt seinen Gang.

Drei Stunden später stellte ich meinen Wagen auf dem Clubparkplatz ab. Offensichtlich hatte es den ganzen Morgen durch geregnet. Entsprechend leer war die Promenade. Auf dem Weg zum Fisch Hus entdeckte ich eine Sonderausgabe der Lübecker Nachrichten.

Erst einmal in ihrer hundertneunundzwanzigjährigen Geschichte, damals hieß das Blatt noch General Anzeiger für Lübeck und Umgebung, erschien eine Sonderausgabe. Das war im Mai dieses Jahres, aufgrund der Passatmorde. Heute schon wieder.

Die Headline lautete: Engel von Travemünde.

Ich schnappte mir die vierseitige Ausgabe und überflog den ausführlichen Bericht über die drei toten jungen Wasserleichen. So weit ich das beurteilen konnte, war die Story gut recherchiert. Auf der zweiten Seite ergingen sie sich in Mutmaßungen, dahingehend, dass aufgrund der bekannten Fakten darüber spekuliert wurde, es könnte sich durchaus um Menschenhandel oder interne Kämpfe im Milieu drehen. Dem Ersteren stimmte ich zu. Auch Stina ermittelte in diese Richtung. Einen internen Bandenkrieg schloss ich auf Grund der Vorgehensweise aus. Allerdings wusste man dies nie genau.

Auf der letzten Seite berichteten sie noch einmal über den Raubmord und in größerer Aufmachung über die Konfrontation zwischen Fanfarone und dem SEK Einsatzleiter. Claus hatte mir das schon telefonisch mitgeteilt. Er hatte es in der regulären Ausgabe gelesen. „Das wird dem Wichtigtuer vielleicht ein wenig den Schneid abkaufen, obwohl die Wandlung vom Saulus zum Paulus wird dem nie gelingen“ sann ich und begab mich weiter der Vorderreihe entlang.

Im Fisch Hus bei Segel Peter wartete schon Claus auf mich.

„Ich habe uns Wasser und ein paar Bratheringe mit Bratkartoffeln bestellt. Bei dem Wetter brauchen wir etwas deftiges“ empfing mich Claus. Also gut, dann noch einmal deftig speisen, aber vor allem Glutamatfrei. Diese Art von Geschmacksverstärker, die den meisten Fertigprodukten,

Suppenpulvern, Saucen, Würzmitteln und Chipstüten zugefügt wird, simuliert im Gehirn ein künstliches Hungergefühl und ermöglicht so unter anderem den Absatz von geschmacklich ungenießbaren Produkten. Es handelt sich, neurologisch betrachtet, um ein suchterzeugendes Rauschgift und stört die Funktion unseres Stammhirns derart, dass ein künstlicher Appetit erzeugt wird. Weiter kann es Allergien auslösen und andere Körperfunktionen stark beeinträchtigen. Allgemein gilt es als gesundheitsschädlich und es ist völlig unverständlich, dass diese chemische Substanz nicht vom Gesetzgeber vom Markt verbannt wird.

Wir versuchen durch bewusste Auswahl unserer Restaurants und Speisen, diesem Dilemma möglichst aus dem Weg zu gehen.

Im Radio hörten wir gerade eine Live Übertragung aus der Lübecker Bürgerschaft. Dort wetterte der Oppositionsführer Dr. Johannes Schnabel wieder einmal über die Polizei als Solches und der Regierungspartei im Besonderen. Er zitierte die Kirche und appellierte an alte Traditionen. Ich konnte das nicht mehr hören.

An Claus gewandt trug ich den von mir geschätzten Helmut Qualtinger, der beinahe genau vor fünfundzwanzig Jahren verstorben ist, vor:
„Stolz sein sollte ein Volk vor allem auf die Traditionen, die es nicht hat."

„Da gebe ich Dir vollkommen Recht. Politik, Kirche und Tradition sind für sich alleine genommen oft schon ein großes Übel und in der Kombi fatal. Da fällt mir Folgendes zu ein:
Ein Philosoph und ein Pfarrer streiten sich darum, welcher der beiden von ihnen vertretenen Disziplinen, der definitiv höhere Rang zukomme.
Spöttisch meint der Pfaffe: "Philosophie ist, als ob jemand in einem dunklen Raum mit verbundenen Augen eine schwarze Katze sucht, die es gar nicht gibt."
Darauf antwortet der Philosoph: "Theologie ist, als ob jemand

in einem dunklen Raum, ebenfalls mit verbundenen Augen, eine schwarze Katze sucht, die gar nicht da ist und plötzlich ruft: Ich hab sie!..."

Ich zeigte nach draußen auf die Trave. „Schau, die ‚Mira' läuft aus."

„Nicht nur, dass der Anlass schon traurig genug ist. Den Trauergästen wird das raue Wetter gehörig in die Knochen fahren."

„Lass uns das immer als Mahnung nehmen und jeden Augenblick bewusst und intensiv leben."

040

Unterdessen war die Anspannung auf dem WaschPo Revier weiter angewachsen. Der Obertaatsanwalt, der Innensenator und die Presse erhöhten den Druck. Es ging einzig um das politische Überleben, sowie um höhere Druckauflagen. POK Stina Wallison hatte das schon einmal erlebt. Die Arbeit wurde hierdurch nicht gerade leichter.

Keiner in ihrem Team konnte ein stichhaltiges Motiv ausmachen. Die Spuren führten bisher noch ins Leere. Ihr Bauchgefühl, das selten trog, tendierte zu Menschenhandel, aber das war im Moment noch rein spekulativ. Sie brauchten verwertbare Spuren, einen Aufhänger, ein loses Ende. Besser noch handfeste Beweise oder zumindest Indizien. Das Wasser hatte die meisten Spuren verwässert bzw. weggespült. Die Berechnungen der Strömungssimulation liefen noch. Zu viele Parameter flossen in die Darstellung mit ein.

„Solange wir keinen konkreten Ansatz haben, werden wir jeden noch so kleinen Hinweis nachgehen, unabhängig von Person und Ansehen. Hans, du gehst bitte noch einmal alle

...one durch. Nicht, dass wir da schon etwas übersehen haben."

Auch wenn sich Wallison sicher war, alles gründlich durchgegangen zu sein, konnte eine weitere Überprüfung nicht schaden. Sicher war sicher. Manchmal genügte ein wenig Abstand, um eine neue Sichtweise zu erhalten. Außerdem war Ihr Kollege Hans heute ganz niedergeschlagen.

Mit rot geränderten Augen erschien er heute früh zum Dienst. Ohne das Wallison nachhaken musste, erklärte er ihr in knappen Worten, dass seine Eva überraschenderweise aus der gemeinsamen Wohnung ausgezogen ist. Sie brauchte Luft zum Atmen. Er verstand die Welt nicht mehr. Die Arbeit würde ihn zumindest ablenken.

Ein junger Kollege hakte nach, ob das auch für prominente Mitbürger galt, worauf POK Wallison noch einmal deutlich unterstrich, dass sie da keine Unterschiede machen wird. Wenn ein, ganz wichtig, begründeter Tatverdacht vorliegt, dann wird mit den gebotenen Mitteln ermittelt. Wie schnell so genannte VIPs abstürzen können, machte sie an dem Beispiel des Bremer Vorzeigeunternehmers Niels Stolberg deutlich.

Der Eigentümer und Chef der Beluga Reederei galt jahrelang, als der Inbegriff des sauberen und erfolgreichen Unternehmers. Innerhalb vier Wochen wurde dieser komplett demontiert. Die Firma stürzte in die Insolvenz und der einstige Strahlemann ins Bodenlose. Wallison wurde in diesem Punkt deutlich. „Also, es gilt jeden Anfangsverdacht nach zu gehen, bis dieser restlos entkräftet ist oder sich gegebenenfalls erhärtet."

Für sich hatte Stina Wallison eine Routineüberprüfung von PHK Diego-Götz Fanfarone vorgesehen. Dem Zugriffsprotokoll hatte sie entnommen, dass sich dieser, diverse Male in ihren Fall eingelockt hatte. „Warum ?" fragte sie sich. „Was führte Fanfarone im Schilde ? Er sollte doch genug mit seinem Fall zu tun haben." Um sich nicht dem bösen Vorwurf der Voreingenommenheit aus zu setzen, nach der Auseinandersetzung mit Fanfarone, behielt sie diese Entdeckung vorerst für sich.

041

Aus Wismar kommend, stellte Dildo sein Fahrzeug auf dem Priwall ab und begab sich zu Fuß zur Autofähre, um uns zu treffen. Inzwischen regnete es seit einer Stunde nicht mehr und die Wege begannen abzutrocknen. Hinter dem Steg G bog er links ab und nahm dann den kurzen Waldweg bis zur Mecklenburger Landstrasse. Von dort aus konnte er sehen, dass die Autofähre gerade am Ablegen war.

Ungewöhnlich viele Menschen spazierten vor dem Fähranleger. Angenehm irritiert registrierte er, dass es sich fast ausschließlich um junge, hübsche Frauen handelte. Vielleicht auch Teenager. Wer konnte das heute noch so genau sagen. Sein Jagdinstinkt sprang sofort an. Deshalb entging ihm wohl ein eigentlich auffälliges Merkmal dieser Situation. Die vielleicht dreihundert entzückenden Geschöpfe strebten nicht wirklich einem Ziel entgegen, sondern bummelten vollkommen unmotiviert auf dem Vorplatz herum.

Dildo fühlte sich wie in einem Traum versetzt. Er kniff sich kurz in sein linkes Ohr, aber das Bild blieb. Er arbeitete sich langsam zwischen den Strom hindurch. Sein Ziel war der Kassenautomat. Dildo verschlug es glatt die Sprache. Er sah nur in freundlich lächelnde Gesichter. Das würde ihm keiner glauben. Was hatte er für ein Glück. Er badete quasi in einem Jungfrauenpool. Endlich wachte Dildo auf und setzte sogleich seine offensivste Erstschlagwaffe ein. Ein breites Grinsen entfaltete sich in seinem Gesicht und der Mund gab zwei Reihen blendend weißer Zähne preis.

Normalerweise war die Wirkung auf seinem Gegenüber immer ähnlich positiv. Er bekam ein fröhliches Lächeln zurück und nahm so die schwierigste Hürde im ersten Anlauf mit Bravour. Jetzt empfand er die Reaktion als grotesk. Das Lächeln der Frauen erstarb und machte einem ablehnenden Gesichtsausdruck platz. Die ersten zwei Fehlschläge tat er innerlich mit Menstruationsbeschwerden ab. Nach der fünften Bruchlandung war er derart verunsichert, dass er sich ernsthaft fragte, ob er einen üblen Ausschlag besaß, den er noch nicht an sich bemerkt hatte. Konsterniert beschloss Dildo zunächst eine dieser überteuerten Fahrkarten zu ziehen. Dann wollte er es noch einmal mit einer anderen Masche versuchen.

Plötzlich machte er knapp zehn Meter links, von dem Automaten, eine Person am Boden aus. Eine alte Dame von vielleicht sechzig oder siebzig Jahren lag hilflos am Boden. Ein leerer, umgestürzter Rollstuhl, reckte seine vorderen kleinen Räder in den Himmel. Alle Personen liefen achtlos an ihr vorüber. „Das gibt es doch gar nicht" schoss es ihm durch den Kopf. Sofort lief er zu der hilflosen Frau, um erste Hilfe zu leisten. Kaum hatte er sich zu der bedauernswerten Frau niedergebeugt, schlang diese ihre Arme um ihn und gab ihm einen lauten Schmatzer auf die Wange. Verblüfft erstarrte Dildo und vernahm einen tosenden Applaus um sich herum. Sein Erstaunen steigerte sich umso mehr, als nun alle anwesenden Frauen eine leuchtend blaue Kappe auf dem Kopf trugen, und ihm ein bezaubern Lächeln schenkten.

Er war nun vollends sprachlos. Nach einer Minute donnern--den Applauses, schälten sich drei Frauen mit kleinen Videokameras aus der Masse und erklärten dem verdutzten Dildo, dass er ein Flashmobopfer sei. Das ist eine scheinbare Alltagsaktion, die aber in der Regel durchgeplant ist. Sie wollten ihre Videos schneiden, seine Zustimmung vorausgesetzt, als Beitrag zum Schüler Film Projekt in Lübeck ‚Your cam your style', einreichen.

Er konnte nicht anders und musste lauthals Lachen. Innerlich schalt er sich einen Esel. Dildo gab natürlich seine Zustimmung.

042

Das Handy von PHK Fanfarone klingelte nur einmal und schon bellte er kurz hinein. „Ja verdammt, wer stört ?“ Er war nicht nur aufgrund des schlechten Wetters übel gelaunt. Von allen Seiten bekam er heftigen Gegenwind. Sein Kontakt in Hamburg wandte sich von ihm ab, der Oberstaatsanwalt und seine Chefetage tobten. Seit der Berichterstattung über seinen Disput mit dem SEK Einsatzleiter war er stigmatisiert. Man mied ihn, wie der Teufel das Weihwasser. Jeder hatte wohl Schiss, es könnte abfärben. „Heut zu Tage hat niemand mehr Eier in der Hose“ dachte er. Er musste einen bedeutenden Durchbruch erzielen, aber wie ?

„Aber mein lieber Götz“ erklang es leise und betont freundlich aus dem Handy. Ihm brach erneut der Schweiß aus. Der Hamburger Clubchef. Den brauchte er nicht auch noch. Er hatte schon genug Probleme am kochen. „Mein lieber Götz“ wiederholte dieser spöttisch. „Bis hier nach Hamburg hört man von Deinem Wirken. Das interessiert uns jedoch nicht. Mein Kontakt in Lübeck wird nervös und wünscht einen direkten Kontakt mit Dir. Du wirst Dich mit dem Pfau in Teutendorf treffen.“

Während dessen er eine genaue Wegbeschreibung erhielt, dachte er im ersten Impuls daran, sich diesem unverschämten Diktat zu widersetzen. Schnell erkannte Fanfarone jedoch seine unverhoffte Chance. Wenn es gut lief, dann würden alle Abbitte leisten müssen. Er schnappte sich seine Jacke und grinste, das erste Mal an diesem Tag.

Der hellblaue Opel Astra war zwar nicht mehr der Jüngste, aber er tat in der Regel zuverlässig seinen Dienst. Die Nutzung ihres Privatwagens für dienstliche Zwecke war ihr und den meisten Kollegen nicht neu. Das Revier war mit zu wenig Dienstfahrzeugen ausgestattet, um allen Belangen nach zu kommen. Improvisationstalent war auf vielen Ebenen gefragt. Stina Wallison stellte die Scheibenwischer ab, denn es hatte mittlerweile aufgehört zu regnen.

Gleich nachdem PHK Fanfarone anrief, hatte sie sich auf den Weg gemacht. Er klang geheimnisvoll und bat darum, ihn alleine am Baggersandparkplatz zu treffen. „Was für ein Zufall" dachte sie. „Gerade habe ich mich mit ihm näher beschäftigen wollen. Was für geheimnisvolle Informationen er wohl für sie bereit hielt ?" Ein wenig unkonzentriert bog sie mit dem Opel Astra auf den Parkplatz ein. Klagend nahm das Getriebe den zweiten Gang auf. „Ups" entschuldigte sie sich bei ihrem Wagen. Sogleich entdeckte sie Fanfarone auf dem leeren Parkplatz. Die Bremsen quietschten leicht, als sie neben ihm anhielt.

„Frau Kollegin" hörte sie einen überbetont freundlichen Fanfarone, was bei ihr gleich die Alarmglocken klingeln ließ. „Entschuldigen sie meine Geheimniskrämerei, aber ich habe vielleicht wichtige Informationen für sie und ich möchte mich nicht öffentlich in ihren Fall einmischen." Dabei zeigte er ihr ein gewinnendes Lächeln, hoffte er. „Bei meiner schlechten Presse zur Zeit…" fügte er noch hinzu und drehte sich halb von ihr weg.

„Nun, wie es in den Wald hinein…" Weiter kam sie nicht. Rasant drehte sich Fanfarone wieder zu ihr herum und presste ihr einen mit Chloroform getränkten Lappen auf das Gesicht. Mit allem hatte sie gerechnet, aber nicht mit einem körperlichen Angriff eines Kollegen. Noch schlimmer, niemand wusste wo sie war. Ohne große Gegenwehr verlor Stina Wallison rasch das Bewusstsein.

044

Nach den Bratheringen mit den goldfarbenen Bratkartoffeln, fühlte ich mich rundum gesättigt. „Heute Abend nehme ich nur noch eine Kleinigkeit zu mir“ eröffnete ich Claus und Dildo. “Dreimal am Tag soviel zu Essen ist eindeutig zu viel. Ich sollte heute auch noch unbedingt eine Sporteinheit absolvieren.“

„Da fällt mir eine ganz besondere Sportart ein“ nahm Dildo sofort den Faden auf. Ohne Ansatz war er wieder in seinem Element.
Gehen zwei durch den Wald.
Sagt Sie: „Ich habe das Gefühl, du willst mich bumsen.“
Er: „Aber nein !“
Sie: „Okay, bums mich trotzdem, damit ich das blöde Gefühl los werde.“
Lauthals gackerte Dildo. „Den habe ich mir nur für Euch aufgehoben“ frohlockte er. „Ich...“ weiter kam er nicht. Mein Handy klingelte.

Ich nahm das Gespräch an.

„Pronto !“ Es war Daniell Holter. In wenigen Worten teilte er mir mit, dass er, natürlich illegal und nicht für das offizielle Protokoll, ein dubioses Telefongespräch zwischen PHK Fanfarone und einer weiteren Person abgehört hatte. Die ihm unbekannte Person setzte den PHK offenbar unter Druck und vereinbarte ein Treffen mit einer dritten Person. Abschließend benannte er Ort und Zeit. „Danke. Mal sehen was wir damit anfangen können“ verabschiedete ich mich von Daniell.

Claus und Dildo meinten, wir sollen diese Information gleich an die WaschPo weiterleiten. „Wir geben das weiter an Stina“ stimmte ich ihnen zu.

Ich hielt mein Handy gerade in der Hand, da piepte es zweimal leise.

Eine Nachricht auf meinen Facebook Account. Neugierig schaute ich nach. Eine Nachricht von Stina. „Jungs, wir haben keine Zeit mehr. Stina hat mir gerade ihren Standort übermittelt. Sie ist an dem ominösen Treffpunkt. Da stimmt etwas nicht."

Schnell warfen wir uns unsere Jacken über. „Wir zahlen später.." rief ich dem verdutzten Servicepersonal zu und schon stürmten wir aus dem Fisch Hus.

Dank Claus seinem schnellen Alfa Romeo Spider, erreichten wir den Teutendorfer Weg in wenigen Minuten. Dildo mussten wir zurücklassen, da sein schwarzer Spider ein reinrassiger Zweisitzer ist. Langsam rollten wir auf den angepeilten Standort zu. Ein Knall zerriss die Stille. „Claus, rechts ran und warte auf mich" gab ihm zu verstehen, als ich mich mit dem voll geschlagenen Bauch aus seinem Wagen schwang. Geduckt huschte ich auf die große Scheune zu. Ich nahm einen kurzen Lichtblitz war und presste mich reflexartig fester auf die Erde. Neben mir klatsche eine Kugel in die Bretterwand ein. Erst dann hörte ich den Knall.

Da Licht bedeutend schneller als der Schall ist, retteten mich meine noch intakten Reflexe. Während ein Blitz einmal um die Erde huscht, ist in der gleichen Zeit der Schall erst einhundert Meter weit getragen. Wieder schlug es zweimal über mir ein. Ohne Waffe sahen meine Chancen nicht gut aus.

Ich robbte durch das nasse Gras aus dem Schussfeld. Jetzt sah ich Fanfarone. Er trieb eine Person als Schutzschild vor sich her. „Stina" schoss es mir siedendheiß durch den Kopf. Er arbeitete sich langsam in Richtung seines Wagens vor. Kurz entschlossen sprang ich auf und rannte in die entgegen gesetzte Richtung davon. Es musste für ihn so aussehen, als wenn ich flüchtete. Dabei lagen mir die Bratkartoffeln schwer im Magen. Einen größeren Bogen rennend, arbeitete ich mich wieder von hinten an Fanfarones Wagen ran. Bis auf knapp zehn Meter konnte ich mich unbemerkt annähern.

Inzwischen war Fanfarone mit der sich wehrenden Stina Wallison ebenfalls am Wagen angekommen. Da er keine weitere Gefahr ausmachte, trennte er sich von seiner sträubenden Geisel und stieß Wallion grob zur Seite. Eilig sprang er in seinen Wagen. Das ungewöhnliche Surren konnte er nicht hören, aber bevor seine Tür zu fiel, durchbohrte ihn ein widerlicher Schmerz in seiner linken Schulter. Fanfarone erblickte überrascht einen schwarzen, spitz gezackten Wurfstern in seinem Körper. Vor Wut aufschreiend, startete er seinen Wagen und raste mit durchdrehenden Reifen vom Hof.

Ich lief eilends zu Stina und hoffte, dass sie nicht schwer verletzt war. „Ist schon gut, mir geht es soweit prima“ und rappelte sich wieder vom Boden hoch. „Aber in der Scheune liegt unser ehrenwerter Bürgerschaftsabgeordnete und Menschenhändler Schnabel. In einschlägigen Kreisen auch der Pfau genannt. Er ist angeschossen.“

„Okay, rufe Du einen Krankenwagen und informiere deine Kollegen. Wir verfolgen das Arschloch.“ Ehe Stina protestieren konnte rannte ich schon zu Claus, der mit laufendem Motor in seinem Alfa saß. „Ab die Post und hinterher.“ Claus schleuderte den Wagen um hundertachtzig Grad und nahm die Verfolgung auf.

Zum Glück gab es hier nicht so viele Fluchtwege, sodass wir Fanfarone schnell auf den Fersen waren.

„Er flüchtet in Richtung Travemünder Fischereihafen oder Autofähre“ gab ich telefonisch an die WaschPo weiter.

„Zum Glück ist der Wochenmarkt schon zu Ende. Da sind bei dem Wetter nicht mehr so viele auf der Strasse“ wandte ich mich an Claus. Mit quietschenden Bremsen brachte Claus seinen Alfa, neben dem Wagen von Fanfarone, vor der Slipanlage am Fischereihafen zum Stehen.

Fanfarone flüchtete über den Steg. Vor einem blaugelben Sea Ray Motorboot, gab er zwei Warnschüsse mit seiner Dienstwaffe über die Köpfe von zwei jungen Männern ab, die in dem Boot saßen. Beide sprangen sofort in das Wasser und verschanzten sich hinter den Nachbarbooten. Der bereits laufende Motor grummelte im Leerlauf. Gewandt sprang Fanfarone an Bord und löste die hinteren und vorderen Festmacher.

Über die Standleitung zur WaschPo hörte ich im Hintergrund, dass alle schwimmenden Dienstfahrzeuge in Travemünde alarmiert wurden. Der Funker auf dem Streckenboot ‚Greif' meldete das Wasserfahrzeug einsatzbereit und fügte an: „Den greifen wir uns.“ Ich erhaschte noch einen Blick auf Fanfarones irrsinnig wirkendes Gesicht, bevor er die beiden Gashebel nach vorne umlegte und die mindestens sechshundert PS aufbrüllten.

Das Speedboot schien sich wehren zu wollen und bäumte sich noch in der Box auf, bevor es dann blitzartig auf den gegenüber liegenden Liegeplatz zu schoss. Im selben Moment krängte das Boot, durch die von Fanfarone sofort eingeleitete Linkskurve so stark, dass der Eindruck erweckt wurde, das Schnellboot würde umkippen. Den Dalben vis-a-vis verfehlte er dabei nur um wenige Zentimeter, sodass das Boot mit unverminderten Speed und dröhnendem Antrieb auf die Trave hinausraste. Triumphierend blickte er sich zu mir um und simulierte mit seiner gesunden Hand, das abschießen einer Waffe, was wohl so viel heißen sollte, als das er noch eine Rechnung mit mir offen hat.

Unterdessen schwammen die beiden jungen Männer prustend und schimpfend auf den Steg zu. Gemeinsam mit Claus half ich ihnen aus dem Wasser. „Was war das denn für ein Irrer ?“ fluchte der Eigner. „Hoffentlich bekomme ich meinen Racer heile wieder.“

„Dem Speedboot hat die WaschPo nichts entgegen zu setzen. Wie weit kommt der denn mit einer Tankfüllung ?“ erkundigte ich mich.

„Ach, weit wird der nicht kommen. Die Nadel steht fast auf

Null. Wir wollten gerade zum Tanken.“

Wir beobachteten, wie insgesamt fünf Polizeiboote versuchten, die Trave zu blockieren. Ein hoffnungsloses Unterfangen. Die ‚Greif‘ und die ‚Habicht‘ waren nicht groß genug und die drei Schlauchboote hatten dem Speedboot auch nicht viel entgegen zu setzen. Dennoch drehte Fanfarone schon weit vor ihnen bei und jagte mit Topspeed zurück in Richtung Skandinavienkai. Vielleicht wollte er irgendwo zwischen Travemünde und Schlutup an Land und von da aus weiter flüchten.

Mit Entsetzen registrierte der Speedbooteigner, das der Flüchtende das Boot, anstelle nach Backbord in die Travekrümmung lenkte, sondern nach Steuerbord vorhielt. Das Boot nahm nun direkten Kurs zwischen den Fähranleger und der Marina Baltica. Ohne die Geschwindigkeit zu reduzieren hämmerte Fanfarone ungebremst in die Kaimauer. Das Boot explodierte und ein riesiger Feuerball verglühte in den Himmel. Die Trümmer der einstmals stolzen Sea Ray regneten zurück ins Hafenbecken. Das konnte Fanfarone unmöglich überlebt haben.

„Da wird der Nils Gerstel auch nichts mehr dran schrauben können. Komm, lass uns ins Casablanca“ sagte der frustrierte Eigner zu seinem Kumpel, der zitternd auf dem Steg saß „ich brauche jetzt ebenfalls etwas Brennendes.“

045

Sa-24.Sept-2011

Windstill und mit nur drei Achtel Bewölkung präsentierte sich der Ort Travemünde.

Nach den Aufräumarbeiten am Freitag schien auch wieder

die allgemeine Routine bei der WaschPo einzukehren. Noch unter dem Eindruck der gestrigen Ereignisse, schaute der diensthabende Revierleiter versonnen auf die nur mäßig befahrene Trave hinaus. In seinem Blickfeld bewegte sich gerade die achtzehn Uhr Fähre der Scandlines, auslaufend nach Ventspils in Lettland. „Endlich einmal wieder die gewohnte Ruhe im Ort“ dachte er.

In diesem Moment gab die hundertfünfundsiebzig Meter lange Fähre zweimal fünf laute Schallsignale. Mit Bestürzung sah der Revierleiter, wie ein dreißig Fuß Segelschiff ohne Fahrt im Wasser, direkt auf der Kurslinie der Fähre lag. Vor dem Segler war ein vier PS Schlauchboot angeleint und versuchte vergeblich das Boot aus der Gefahrenzone zu schleppen. Schnell funkte er das Patrouillenboot auf der Trave an. Ohne persönlich weiter eingreifen zu können, beobachtete der Polizist, wie sich der Skipper mit einem Enterhaken bewaffnete, um die Scandlines auf Distanz zu halten. Er hörte ein hässliches Schleifen und sah wie die große Fähre an dem kleinen Boot vorbei schrammte. Das war verdammt knapp. Er atmete beruhigt auf und wartete gespannt auf den Lagebericht der Schlauchbootbesatzung.

046

Das Wetter am gestrigen Freitag war dermaßen schlecht, dass Claus, Dildo und ich den ganzen Tag im a.Rosa Spa Bereich verbrachten. Ich entspannte während dreitausend Meter Kraul, vier langen Saunagängen und einer neunzigminütigen Shirodhara, einem Ayurveda Stirnölguss. Herrlich entspannend. Mit Stina hatte ich leider erst heute eine Verabredung, da sie den ganzen Tag Berichte schreiben und mit auf die Pressekonferenz musste. Natürlich wäre ich gerne schon gestern mit ihr zusammen gewesen.

Heute Abend wollten wir eigentlich alle zusammen Essen

kochen und feiern. Doch als erstes informierte mich Dildo so ganz nebenbei, dass er sich noch einmal mit Lisa treffen würde. „Oh-oh“ zog ich ihn auf „erst ein kleines nettes Treffen, dann einen hübschen Liebesurlaub, eine tolle Hochzeit, eine wundervolle Hochzeitreise und süße Kin...“

„Halt Stopp“ fiel mir Dildo rasch ins Wort. „Die Hochzeitsreise ist der erste Versuch, der Ehe Realität zu entgehen. Das wusste schon August Strindberg. Soweit werde ich das nie kommen lassen. York, du weißt, ich bin der geborene Single“ empörte sich Dildo in gespielter Verärgerung.

Claus entschwand ebenfalls unter einem fadenscheinigen Vorwand, sodass ich mich alleine, mit meinen leckeren Einkäufen, auf den Weg zu Stina machte. Gleich nach dem ersten Läuten öffnete sie die Tür. Ihr mandarinfarbenes Kleid umspielte ihre Figur auf zauberhafte Weise. Ich war vollkommen hingerissen.

In der Küche entkorkte ich den für diesen Anlass aufgehobenen Rotwein. Den 2006-er Masi Costasera Amarone Valpolicella. Eine Stunde sollte der Tropfen im Dekantierer atmen. Als Aperitif servierte ich einen gekühlten Bellini. Die Kräuter für das Roastbeef waren flink zerkleinert und der Braten in der Röhre. Beim Bereiten der Zutaten, erzählte mir Stina kurz das Wesentlichste der letzten Tage.

An Bord der Sea Ray befanden sich noch zwei zwanzig Liter Spritkanister. Deshalb war die Explosion so stark. Das Boot war in kleinste Teile zerlegt. Fanfarones Leiche wurde bisher noch nicht gefunden, falls es da noch etwas zu finden gäbe. Strömungen unter der Wasseroberfläche können sie weiter getragen haben. Taucher werden die nächsten Tage noch weiter suchen. Zum Glück ging Fanfarones teuflischer Plan nicht auf. Um seiner Bedrängnis zu entgehen, wollte er Schnabel und Stina Wallison töten und die Scheune abfackeln. Im Zuge der Ermittlungen hätte er alle drei Fälle aufgeklärt, denn nur Fanfarone kannte dann sämtliche Zusammenhänge. Er wäre der Held schlecht hin gewesen. Mir fröstelte bei diesem Gedanken.

Aufgrund dessen, was Stina in der Scheune mitgehört hatte, als Fanfarone Schnabel folterte, konnte Dr. Schnabel, alias der Pfau, überführt werden. Er gab daraufhin im Krankenhaus ein umfassendes Geständnis ab. Die Folgen seiner Schuss- und Folterverletzungen bedurften noch einiger Pflege. Haus-, Büro- sowie die Scheunendurchsuchungen, verdichteten die Beweislast. Die Staatsanwaltschaft in Lübeck stellte zunächst einen Haftbefehl wegen des dringenden Verdachts der Ermordung, mindestens einer Person aus, sowie der Anstiftung zu weiteren Straftaten, wie schweren Menschenhandel und Prostitution Minderjähriger.

Ihre Kollegen in Litauen leisteten Amtshilfe und hatten Kapitän Matulionis bereits wegen mindestens zweifachen Mordes verhaftet. Alles in allem hatten sie Glück im Unglück. Ohne Fanfarones Eitelkeit, würden sie noch weiterhin im Dunkeln tappen. Von ihrem Chef bekam sie, aufgrund ihres Alleinganges, einen kleinen Rüffel. Gleich danach unterrichtete er sie darüber, dass der Polizeipräsident ihr gerne ein eigenes Kommissariat übertragen wolle.

Das MD.1 in Lübeck.

Sie hatte höflich abgelehnt. Einerseits wollte Stina unbedingt weiter ihren Dienst bei der Travemünder WaschPo leisten. Andererseits wollte sie sich vor keinen politischen Karren spannen lassen.

Bei einem zweiten Bellini schilderte sie noch das ‚Treffen', des neun Meter Segelbootes mit der Scandlines. Der Skipper war ohne Sprit unterwegs und die Flaute hätte beinahe zu einer Katastrophe geführt. „Um eine Anzeige wegen Gefährdung des Schiffsverkehrs käme der Skipper nicht herum" meinte sie. Der Fotograf Karl Vögele erhaschte zufällig das Geschehen vom Dach des Hochhauses und hielt die Begegnung für die nächste Ausgabe der Travemünder Aktuell in Bildern fest.

Mein Handy unterbrach ihren Redefluss. Daniell Holter lud mich am 01.Oktober zum Schüler Film Projekt ‚Your cam your style' nach Lübeck ein. Ihr Film war fertig und er wollte meine Meinung dazu hören. Überdies wunderte er sich über eine große Lieferung von Javamoos, Winterstauden und Sonnenblumensamen. Die wurden von der gleichen italienischen Stiftung bezahlt, welche auch seine hohen Ausbildungskosten übernommen hatten. Ferner war er darüber stark verwundert, dass über diese Stiftung offenbar keine Unterlagen existierten. „Ich könne ihm dabei leider auch nicht weiterhelfen" erwiderte ich auf seine unausgesprochene Spekulation und versprach zur Filmpremiere zu erscheinen.

„Stina, möchtest du am nächsten Samstag mit zu einer Filmprojektveranstaltung nach Lübeck mitkommen ?" fragte ich nach Beendigung des Telefonats. Gleichzeitig stieg mir der würzige Wohlgeruch des Kräuterbratens in die Nase.

Inzwischen war Stinas Tochter von ihrer Freundin zurück und ehe Stina auf meine Frage antworten konnte, hörte ich Nonome schmollen. „Oh.., da wollten wir doch mit deinem schönen, blauen Boot Segeln gehen."

„Richtig Nonome. Das machen wir auch. Wir segeln einfach mit der ‚o.li' nach Lübeck."

„Ja super, das wird toll" freute sich Nonome.

Stina legte ihren Arm um meine linke Hüfte und schaute mich stumm mit feuchten Augen an. Ich konnte tief in ihre Seele blicken. Zärtlich gab ich Stina einen Kuss, den sie impulsiv erwiderte. Das versprach eine leidenschaftliche Nacht zu werden.

„York, schau mal - wie süß meine beiden Kater Zorro und Merlin sind" drängelte sich Nonome dazwischen.

„Ja, man kann auf Vieles verzichten, aber nicht auf Katzen und Bücher" merkte Stina achtsam an.

„Auf einen leckeren Braten und einem guten Getränk auch nicht." Ich goss Nonome einen Pfirsichsaft und uns den

Amarone ein. „Vor allem dürfen wir nicht die Liebe vergessen !“ Mit einem „Salute“ stießen wir alle drei an.

Wenn **ihnen das Buch gefallen hat, dann begleiten sie…**

POK Stina Wallison und Jörg Illmer, alias York,

bei der Lösung Ihres nächsten Falles rund um Travemünde.

<u>Erscheinungstermin vormerken:</u> Juno-2012